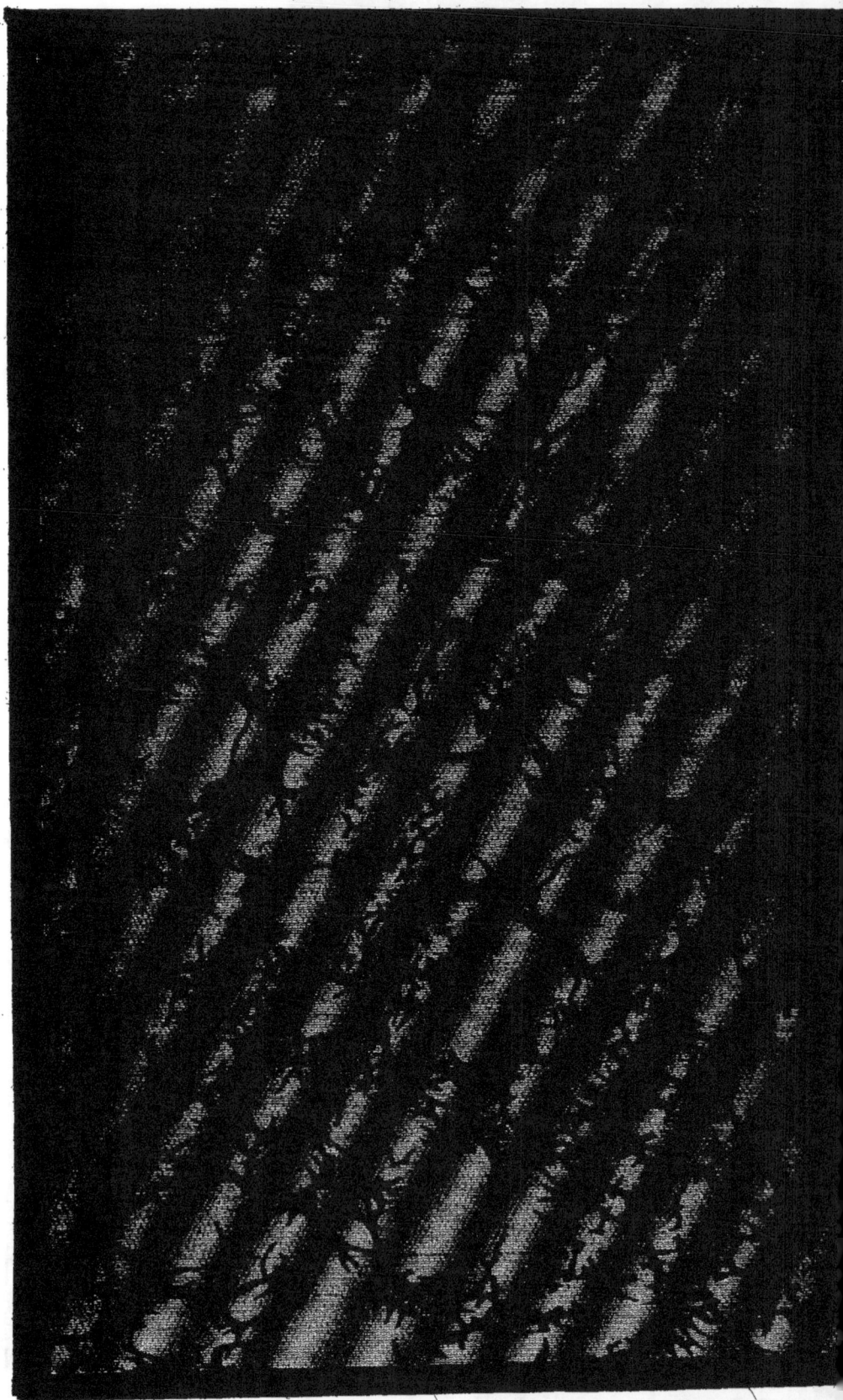

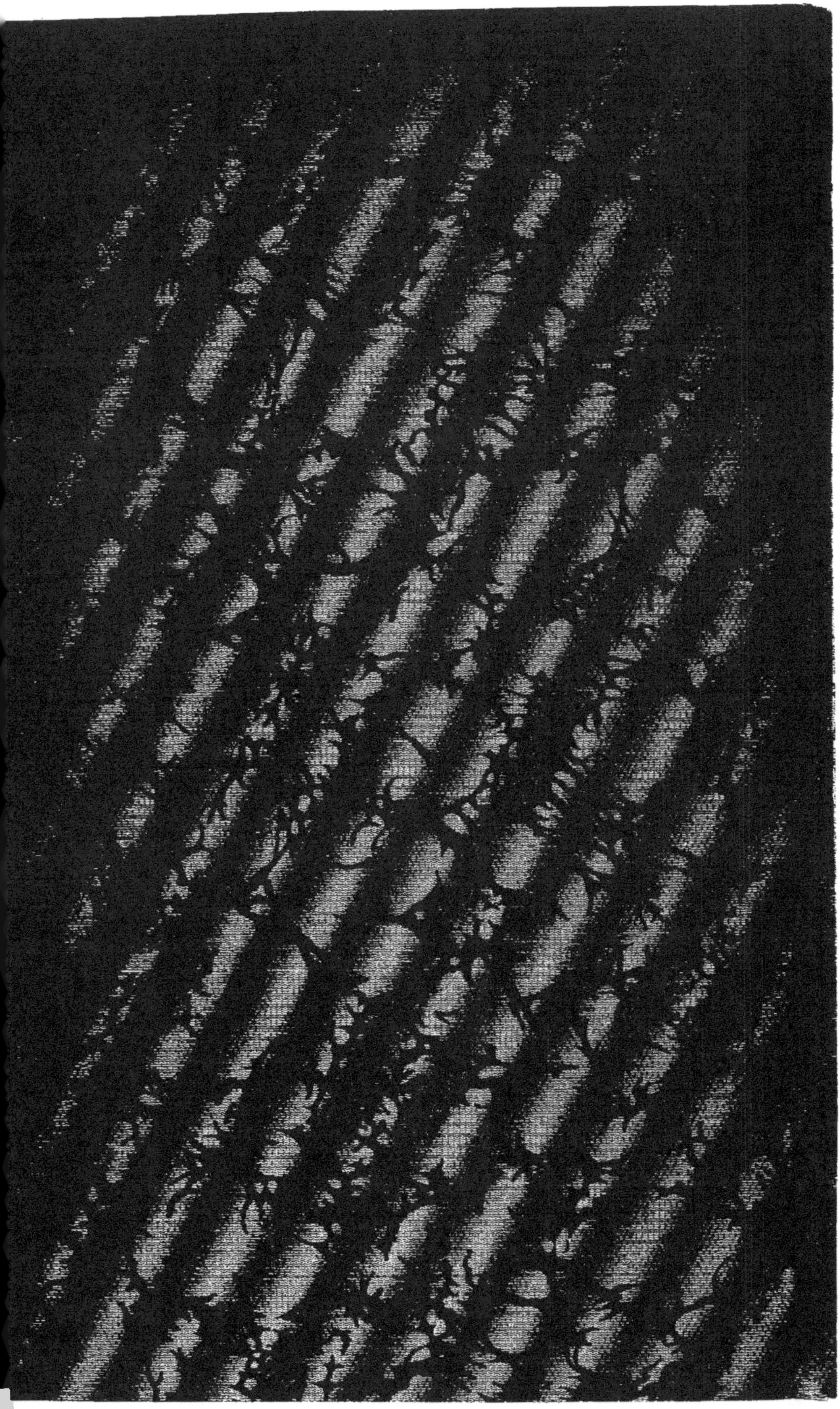

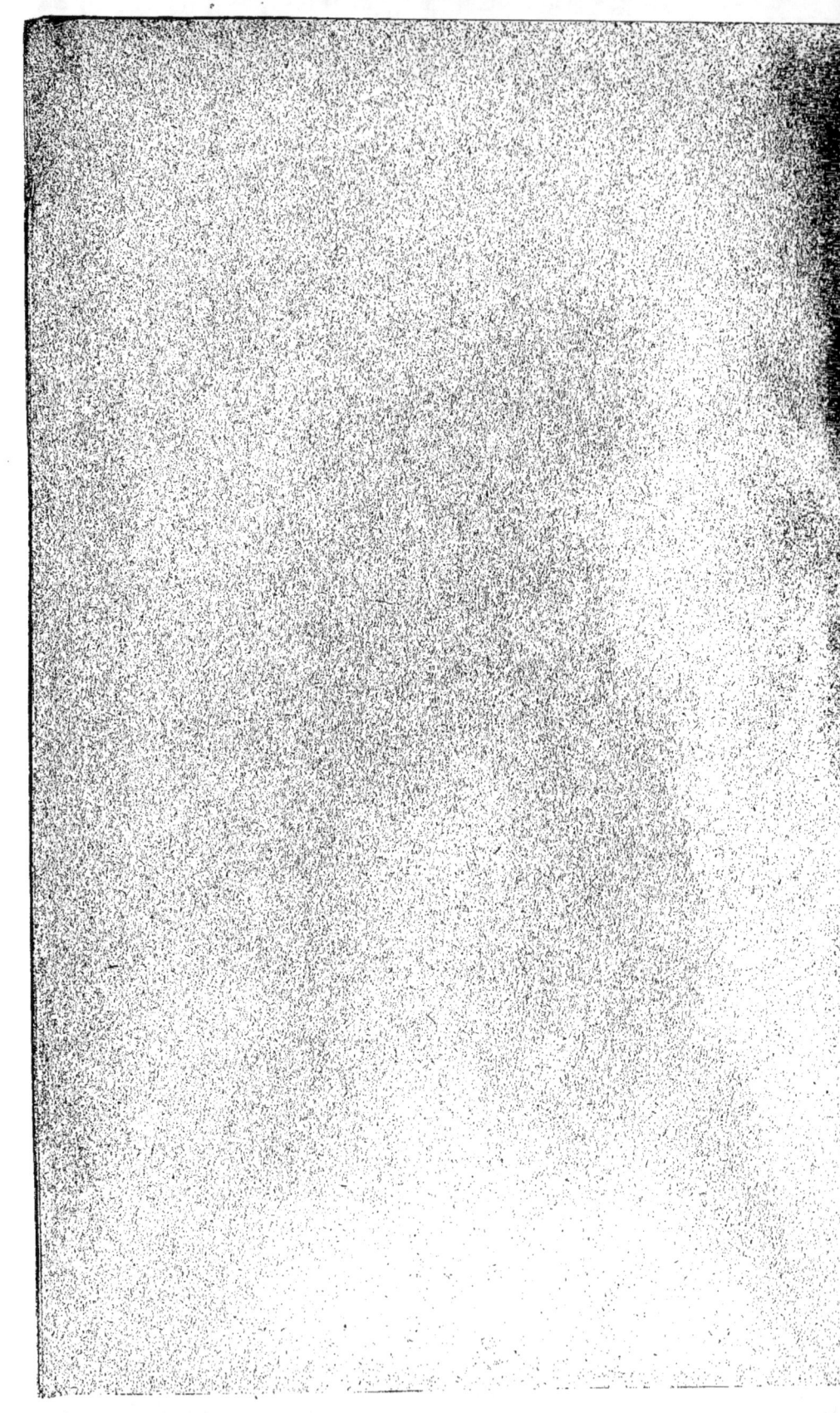

ŒUVRES COMPLÈTES

DE

JEAN LACOU

JEAN LACOU

ŒUVRES

COMPLÈTES

POÉSIES, PENSÉES PHILOSOPHIQUES,

ANECDOTES SUR LES OISEAUX,

ÉTUDES SUR LES VINS, MÉLANGES LITTÉRAIRES

ASTRONOMIE

BORDEAUX

OFFICE CENTRAL DE PUBLICITÉ ET IMPRIMERIE AUGUSTE BORD

91, RUE PORTE-DIJEAUX, 91

1869

SIMPLE PRÉFACE

Né pauvre, à Mérignac, près Bordeaux, dans une simple maisonnette ombragée par un vieux figuier, petit parterre et enclos de vignes au devant, garni de fraises, de violettes et d'arbres fruitiers; au coin des allées, quelques rosiers fleurissant presque toute l'année, et parmi tout cela, quelques pieds de lavande, de sauge, de thym et de romarin. — En face, un grand bois plein d'ombre, d'harmonie et de mystère, séparé du patrimoine de mes pauvres parents par une haie garnie d'aubépines, de clématites et de sureaux.

Je fus conduit en ville, à l'âge de trois ans. Quatre ans plus tard, j'entrais en classe aux Écoles Chrétiennes de Bordeaux, paroisse de Sainte-Eulalie. J'en sortis à l'âge de onze ans et demi, sachant lire, un peu écrire, un peu calculer. A treize ans, j'étais apprenti mécanicien, et quelques années plus tard, je sentis s'éveiller en moi le feu sacré de la Poésie, de la Musique, de la Peinture, et je rêvais en même temps inventions, mécaniques. —

Pas de temps à perdre, il fallait travailler de mon état. — Pas de moyens pour pouvoir apprendre bien des choses et payer des maîtres. Parti à vingt ans pour l'étranger et rentré trois ans après, je composai un petit recueil de vers plein de fautes de versification. Je n'en savais pas davantage. Hélas! aujourd'hui je ne suis guère plus savant. Ce petit recueil, intitulé *Les Premiers Chants*, fut imprimé en 1845.

En 1853, je publiai un autre petit volume intitulé *Fleurs des Landes*. J'habitais alors à Arcachon, exerçant la profession de libraire et de marchand de vin, et plus tard celle de fabricant de conserves alimentaires et d'armateur de pêche. En 1856, je publiai le *Guide du Voyageur à Arcachon*. En 1858, je fondais le journal le *Phare d'Arcachon* de grand souvenir! vu qu'il m'a valu l'avantage de faire un mois de prison au Fort du Hâ, et cela pour avoir laissé insérer dans mon journal un article sur l'alignement des rues de La Teste. On a trouvé dans cet article des matières d'économie politique et sociale, et comme le *Phare d'Arcachon* n'était pas un journal politique et par conséquent non cautionné, il a fallu subir la loi sur la presse de 1852, et comme Gérant du Journal, faire un mois de prison et payer 100 fr. d'amende.

O Béranger que j'aime tes chansons!... (*)

(*) Voir les notes à la fin de l'ouvrage.

A ma sortie de prison, je publiai les *Heures d'un Prisonnier* et pris deux brevets d'invention.

En 1866, je publiai le journal le *Courrier de Bordeaux,* et en 1867, *Le Messager des Landes et de la Gironde.*

On peut me connaître maintenant. J'aurais pu demander à quelque littérateur une petite Préface mais j'ai craint un petit brin d'éloge de sa part, car il faut bien dire quelque chose dans une Préface, et mes œuvres valent-elles la peine de déranger quelqu'un pour parler de leur auteur ?

Il est fils de ses œuvres, simple prolétaire, enfant du véritable peuple et n'aime pas à sortir de sa condition.

Il croit en Dieu, il aime la Famille, applaudit à la marche du Progrès et chérit la Liberté !

J'ai réuni dans ce volume mes œuvres à peu près complètes. Ne me demandez pas pourquoi j'ai ainsi écrit et chanté, et pris encore la peine de me faire imprimer pour offrir au public de si pauvres choses.

Ma réponse est facile, comme on le dit vulgairement : « Chacun prend son plaisir où il le trouve. »

Si mes goûts sont mauvais et peuvent déplaire, tant pis.

Je ne discute pas cela ; mais si j'ai pris quelques peines, passé quelques veilles pour composer ce volume, je puis bien avoir la satisfaction de voir mes œuvres imprimées.

Sur ce, chers lecteurs qui voudrez bien me lire et critiquer mes œuvres, je vous en remercie à l'avance.

JEAN LACOU.

Bordeaux, 1er Janvier 1869.

LIVRE Ier — POÉSIES

LES PREMIERS CHANTS

LIVRE Ier

POÉSIES

DE LA JEUNESSE DE L'AUTEUR

AU TOIT NATAL

Toujours je t'aime et te révère,
Je saurai toujours te chérir ;
Toujours, ô ma pauvre chaumière !
Je garderai ton souvenir.

Là, mes jours coulaient sans alarmes,
L'avenir m'était souriant ;
Là, je ne versais pas de larmes,
Étant loin des yeux du méchant !

Avec les enfants du village
Je me livrais à de doux jeux,
Et j'avais toujours en partage
Ces plaisirs qui rendent heureux !

Ah ! si j'ai perdu l'espérance
D'y vivre heureux comme autrefois,
O mon Dieu ! sur sa souvenance,
Laissez-moi pleurer quelquefois !

Car les larmes les plus amères
Allègent le poids du chagrin ;
Dans la souffrance elles sont chères,
Et pleurer fait toujours du bien !

Mérignac, près Bordeaux, 1842.

PLAINTE ET JOIE DE LA FIANCÉE

Pourquoi venir sur cette rive
Chanter, charmant petit oiseau?
Ah ! laisse-moi triste et pensive,
J'attends chaque jour un bateau.

Avant-hier gronda l'orage ;
Paul, hélas ! était sur la mer,
Et la tempête l'a, je gage,
Englouti dans le gouffre amer !

Seule, depuis hier, je prie ;
Souvent au ciel, les bras tendus,
J'implore la Vierge-Marie :
Hélas ! mes vœux sont superflus !

Oh ! mais non, je vois apparaître
Là-bas, dans le golfe, un bateau :
Oui, c'est Paul !... Il se fait connaître !...
Chante, chante, petit oiseau !

L'AMANTE DÉLAISSÉE

BALLADE

Toi que je voyais si joyeuse,
Qui ne parlais qu'en souriant.
Dont la voix était si rieuse
Et le regard si sémillant,
Tu parais toujours inquiète;
Quel mal peut donc te torturer?

Mais la bergère fut muette;
Seulement, inclinant la tête,
Elle se mit à soupirer.

Pourquoi me cacher ce mystère,
Ne plus vouloir m'ouvrir ton cœur,
Toi, mon amie à jamais chère
Et que j'aime comme une sœur?
Dis-moi, d'où provient ton martyre?
As-tu quelqu'un à déplorer?

La bergère n'osa rien dire;
Seulement, cherchant un sourire,
Elle se mit à soupirer.

Le jour des noces de Lisette,
Quand chacun était à danser,
On te vit promener seulette,
Près de nous n'osant t'avancer,
Pourquoi, comme une fugitive,
Au bois fus-tu te retirer?

La bergère parut craintive;
Et, seulement triste et pensive,
Elle se mit à soupirer.

Mais, quoi! ta voix est donc glacée?
Tu parais dans d'affreux tourments.
Colin t'aurait-il délaissée,
En oubliant tous ses serments?...
Oh! c'était ça
Qui la rendait triste, inquiète
Et la faisait tant soupirer;

Car, à ces mots, la bergerette,
Dans ses deux mains cacha sa tête
Et se mit, hélas! à pleurer.

PREMIER RAYON

Amour, divine flamme,
Doux soutien du malheur;
Toi qui donne à notre âme
L'ivresse et le bonheur,
Oh! que ta voix chérie
Vienne charmer ma vie!
A toi seul je confie
Les secrets de mon cœur.

Rêves de mon enfance,
Songes toujours parés
D'amour et d'innocence,
Et de noms adorés.
Venez pleins d'espérance
Adoucir ma souffrance;
A mon adolescence
Donnez des jours dorés.

Vous dont la souvenance
Rappelle d'heureux jours,
Amis de mon enfance,
Parlons, parlons toujours

De notre doux bocage,
Des fêtes du village,
Des plaisirs du jeune âge,
De nos premiers amours!

Tout est brillant dans la nature :
Au lever, au tomber du jour,
Tout, dans l'air, forme un doux murmure
Qui monte au ciel en chant d'amour!
Le matin, à l'aube naissante,
L'alouette joyeuse chante,
S'ébat dans un gracieux vol;
Et le soir, quand la nuit s'avance,
On entend, dans le doux silence,
La tendre voix du rossignol!

DIÉGO

BRIGAND PORTUGAIS

Que fais-tu seul sur ce rivage?
Pourquoi jeter des cris de rage?
Pourquoi ce feu dans ton regard?
Dans ta voix ce sombre murmure,
O pourquoi donc à ta ceinture
Brille la lame d'un poignard!

Qu'as-tu, dis, pour être en démence!
Es-tu l'objet de médisance
De quelque lâche d'étranger?
Ou bien, dans la sainte chapelle,
Aurais-tu vu quelque infidèle
Qui soit venu pour outrager?...

— Laisse... je suis trahi... Vengeance!...
Il faut qu'en ces lieux ma souffrance
Fasse trêve... il me faut du sang!...
Il faut que leur bonheur s'achève;
Que le doux écho de la grève
Soit troublé par un cri perçant! —

Il dit et s'éloigna dans l'ombre,
La nuit, silencieuse et sombre,
Offrait un doux charme à l'amour :
Bientôt on vit une gondole
Venir, côtoyant le vieux môle,
Aborder au pied de la tour.

Vers minuit, les cris de vengeance
Retentirent dans le silence...
Quand le jour montra sa clarté,
On trouva près d'une lagune
Deux corps étendus sur la dune,
Puis un poignard ensanglanté...

Lisbonne, 1840.

PETITS OISEAUX

Petits oiseaux, dans mon riant bocage,
Oh ! combien j'aime à vous voir chaque jour,
Entendre aussi votre joyeux ramage,
Et vos doux chants qui charment ce séjour;
Vous n'avez point ni soucis ni tristesse
Dans vos plaisirs, vos ébats amoureux,
Et vous coulez tous vos jours dans l'ivresse ;
Petits oiseaux, que vous êtes heureux !

Vous oubliez toujours dans vos retraites
Les cris des sots, les propos des menteurs;
Entre vous tous, vos mœurs restent honnêtes,
Et n'avez pas de dénonciateurs.
Quand sans pitié, pour des fautes humaines,
Bien des méchants font tant de malheureux,
Vous oubliez ces tourments et ces peines;
Petits oiseaux que vous êtes heureux !

Aucune loi sur vous ne prend empire,
Vous n'implorez jamais aucun secours,
La liberté vient toujous vous sourire,

Aucun remords n'attriste vos amours ;
Libres d'ennui vous vivez sur la terre,
Puis oubliez, étant toujours joyeux,
Les noirs chagrins, les douleurs, la misère ;
Petits oiseaux que vous êtes heureux !

UN SOURIRE D'ENFANT

O toi, mon bien suprême,
Que je chéris, que j'aime,
Mon enfant, mes amours;
Etoile radieuse,
Ange à la voix rieuse,
Qui me sourit toujours!

Combien j'aime et j'admire
Ton gracieux sourire,
Ton regard si touchant,
Et ta douce parole
Qui toujours me console
Quand mon cœur est souffrant.

J'aime, ô ma douce aurore,
Ton front qui se décore
D'une chaste beauté,
Ta petite main blanche,
Ton âme pure et franche
Ta douce ingénuité.

J'aime ton indolence,
Tes yeux pleins d'innocence,
Tes joyeux abandons,
Et quand tu me caresses,
J'aime à compter les tresses
De tes beaux cheveux blonds.

Content, joyeux sans cesse,
Dans la joie et l'ivresse
Tu coules d'heureux jours;
Aux voix de l'espérance
Tu mets ta confiance,
En souriant toujours.

LES SERMENTS

A la face du ciel pour toujours je te jure
De t'aimer, t'adorer, de vivre sous ta loi;
Jamais tu ne verras le mensonge et l'injure
De ma bouche sortir pour retomber sur toi.

Je jure que j'aurai toujours la même flamme;
Oui, mon ange, j'aurai toujours le même amour;
Aucun soupçon jaloux n'entrera dans mon âme:
Mon cœur sera pour toi naïf et sans détour,

Je jure que ma voix sera toujours fidèle,
Que la tienne fera sans cesse mon bonheur;
Non, jamais à tes vœux je ne serai rebelle,
Et je partagerai ta joie et ta douleur.

Je jure que j'aurai toujours la souvenance
De ce jour de bonheur où je fais ces serments,
De ces instants remplis d'amour et d'espérance,
Où je m'enivre encor de tes charmes puissants.

Tu feras à jamais le charme de ma vie,
J'écouterai toujours tes purs et doux aveux,
Je jure... oh ! comme moi, jure, ma douce amie,
Qu'un tendre et même amour nous charmera tous deux

QUINZE ANS

CHANSONNETTE

Je suis donc à la fleur de l'âge,
Et deviens belle chaque jour ;
Déjà les garçons du village
Me tiennent cent propos d'amour ;
Chacun aime ma causerie,
On trouve mes attraits charmants,
On me dit aimable et jolie,
Et j'ai quinze ans, et j'ai quinze ans !

Chaque dimanche ma toilette
Fait dire bien des mots flatteurs ;
Quand je danse sous la coudrette
J'ai de nombreux adorateurs ;
Chacun d'une voix amoureuse
Vient me faire des compliments ;
Oh ! combien je me trouve heureuse
D'avoir quinze ans, d'avoir quinze ans !

Oh ! n'est-ce pas, ma bonne mère,
Que puisque moi je sais charmer,
Je ne dois pas être sévère

Envers Lisis, qui sait m'aimer ;
S'il me parle de mariage,
Je dois croire à tous ses serments ;
Et je peux entrer en ménage,
Car j'ai quinze ans, car j'ai quinze ans !

VINGT ANS

Oh! vingt ans!... c'est de cette vie
Le suprême et parfait bonheur,
C'est le plus grand bien qu'on envie,
C'est un monde, c'est une fleur.

Vingt ans!... c'est une apothéose,
Qui resplendit à l'horizon,
C'est une pure et fraîche rose
Eclose dans un vert gazon.

C'est un tableau de la nature
Animé par un beau matin,
C'est la lumière vive et pure
Qui brille par un temps serein.

Vingt ans!... c'est la muse folâtre
Qui chante la gloire et l'amour,
C'est une vierge au sein d'albâtre,
C'est le soleil dans un beau jour.

Vingt ans !... c'est la flamme mystique
Qui brille sur un saint autel,
C'est la voix d'un divin cantique
Qui monte jusqu'à l'Éternel.

Vingt ans !... c'est une voix de femme
Qui chasse un rêve soucieux,
C'est l'ivresse que goûte une âme
Au premier regard amoureux.

Vingt ans !... c'est un cri de victoire
Qui vous annonce triomphant.
C'est un nom tout couvert de gloire,
C'est le sourire d'un enfant.

Vingt ans !... c'est l'âge de la vie
Le plus doux et le plus flatteur,
C'est une pauvre âme ravie
D'un subit rayon de bonheur.

C'est une maîtresse chérie
Dont on aime à se souvenir,
C'est une voix mâle qui crie :
A toi, jeune homme, l'Avenir !

C'est au soir l'étoile amoureuse,
Aux rayons pleins de volupté,
C'est un ange à la voix rieuse,
C'est l'amour, c'est la liberté !

LA PETITE MARGUERITE

Marguerite,
Ma petite,
Ouvre-moi ton jeune cœur;
Oui, brunette,
Gentillette,
Je t'apprendrai le bonheur.

Oh ! je t'aime,
Et de même,
Aime-moi toujours, toujours,
Et mon âme,
Toute en flamme,
Te peindra tous mes amours.

Quand tu chante,
Ma charmante,
Ta voix enivre mes sens ;
Quand tu prie
A Marie,
J'aime à voir tes yeux pleurants.

Ta prunelle
Etincelle
Dans ton œil brillant et noir ;

Ton visage
Sans nuage
Est si doux, si beau à voir.

Simple et pure,
La nature
T'a donné charme et beauté,
Voix timide,
Front candide,
Cœur naïf, ingénuité.

Toujours vive
Et naïve,
Quand tu cours parmi les champs,
Ta mantille
Toujours brille
Avec tes cheveux flottants.

Belle archange,
Ta main d'ange,
Laisse-moi donc la presser ;
Qu'un sourire,
Que j'admire,
Sur moi puisse s'abaisser.

Je t'adore,
Je t'implore,
Jette un doux regard sur moi.
Douce amie,
Pour la vie,
Je ne veux aimer que toi.

LA FEUILLE

Pourquoi déjà tomber, ô pauvre feuille,
Toi qui faisais l'ornement du vallon;
La froide main de l'automne t'effeuille,
Et dans les airs t'enlève l'aquilon.

Je te vis naître et fraîche et verte et pure,
Au souffle pur, embaumé du printemps;
Tu m'as charmé par ta douce verdure,
Ton doux aspect a paré ces beaux champs.

Et maintenant, triste, jaune et flétrie,
Tombant, fuyant de ces lieux pour toujours;
Tu vas mourir sur la pâle prairie,
Pour nous montrer l'image de nos jours.

MARINE

A MES AMIS B. & B.

Amis, vous qui tous deux voyagez sur cette onde
Qui vous a transporté aux limites du monde,
Laissez, oh ! laissez-moi toujours
Vous parler de la mer, de ses brillants rivages,
De ces parfums de brise inconnus à nos plages,
Et vous retracer mes beaux jours.

O mer, ô mer, oh ! quand à toi je rêve,
Je crois être toujours assis sur une grève
A contempler tes flots d'azur,
A regarder, pensif, un vaisseau qui chancelle,
Et je crois être encor assis dans ma nacelle
A m'enivrer de ton air pur.

O souvenir riant plein d'amour et d'ivresse,
Voir une plage d'or que la vague caresse,
Ecouter d'un flot pur le bruit harmonieux,
Et la voix d'un écho, qui, plaintive, s'achève ;
Voir des flots azurés qu'un frais zéphir soulève,
Et qui forment dans l'air un bruit mélodieux.

Aux approches du soir, quand la mer étincelle,
Aux caprices des flots livrer une nacelle,
Voir sa barque fendre les eaux,
Ecoutant les échos qui bruissent sur l'onde,
Enivré de parfums sur une mer profonde,
Chanter, jetant ses blancs réseaux.

Quand les cieux azurés resplendissent d'étoiles,
Au souffle du zéphir larguer ses blanches voiles,
Respirer des eaux la fraîcheur,
Tomber dans une douce et tendre rêverie,
Oublier l'univers, avoir l'âme attendrie,
Ecoutant le chant du pêcheur.

Dans une nuit sereine aller sur une dune,
Suivre le flux des eaux et le cours de la lune,
Voir la vague blanchir aux écueils de longs bords,
Entendre le courlieu, la mouette plaintive,
Mêler leurs cris perçants aux échos de la rive,
Qui forment en mourant d'harmonieux accords.

Voir à l'aube du jour d'une naissante aurore
La mobile clarté qui brille et qui dore
La surface des flots amers,
Respirer la fraîcheur des ifs et des mélèzes,
Et contempler, assis, du sommet des falaises,
Phébus qui sort du sein des mers.

Aller au frais matin sur les côtes marines
Voir briller les sommets des roches cristallines,

Les flots se briser aux rescifs,
Voir glisser sur les eaux de légères nacelles,
Un essaim de goëlands qui, déployant leurs ailes,
Jettent en l'air des cris plaintifs.

Voir les galets au loin qui brillent sur le sable,
L'horizon de la mer paraître insaisissable,
Les grands sommets des monts et vagues et obscurs.
Ecouter de la mer le cri rauque et sauvage,
Voir un navire au loin brillant dans un mirage,
Voguer, se balancer entre deux champs d'azurs.

Contempler dans la nuit une mer calme et grise.
Voir les eaux se rider au souffle de la brise,
Les étoiles briller aux cieux.
Ouïr du cormorand le chant plaintif et grave,
Au faite d'une tour, que le flot toujours lave,
Voir briller un point lumineux.

Vous qui, tous deux, avez voyagé sur cette onde
Qui vous a transporté aux limites du monde,
Laissez, oh ! laissez-moi toujours
Vous parler de la mer, de ses brillants mirages,
De ses flots azurés et de ses doux rivages
Où j'ai passé de si beaux jours.

LE PAUVRE AVEUGLE

Un pauvre aveugle, au parvis d'une église,
Sur une froide pierre assis pleurait;
Tout engourdi du souffle de la bise,
Dans sa prière un doux nom murmurait.
Et quand sa voix, qui, plaintive sans cesse,
Par la douleur brisait son noir lien,
Il s'écriait avec peine et tristesse :
« J'ai tout perdu, perdant mon pauvre chien!... »

— « Médor, ô toi qui m'étais si fidèle!
Oh! pourquoi donc, ami, ne viens-tu pas
Lorsque ma voix faible et douce t'appelle?...
Oh! viens!... Mais non, non, il est mort, hélas!...
Je n'aurai plus d'appui sur cette terre,
Ni guide, hélas! pour suivre le chemin;
Non, je n'ai plus pour bien que la misère :
J'ai tout perdu, perdant mon pauvre chien!...

Fidèle ami, pendant bien des années
J'ai supporté près de toi le malheur;
Bien oublié mes sombres destinées,
Mes cruels maux et ma noire douleur;

Mais maintenant, toujours dans les alarmes,
Seul, sans amis, sans espoir, sans soutien,
Je n'ai donc plus qu'à mourir dans les larmes :
J'ai tout perdu, perdant mon pauvre chien !... » —

PRÈS D'UNE MÈRE

Près d'une Mère, oh ! c'est le doux bonheur
Qu'on goute en paix dans cette triste vie ;
A ses côtés un pauvre enfant oublie
Sa pauvreté, sa peine et son malheur;
On se confie à sa voix douce et chère,
A son amour, à ses soins, à ses vœux :
Toujours, toujours on vit calme et joyeux
Près d'une Mère.

Près d'une Mère, oh ! c'est le doux plaisir
Que sur la terre un cœur aimant éprouve ;
Dans le malheur c'est elle qui nous trouve
Ces mots charmants qui parlent d'avenir !
Quand à Marie elle fait sa prière,
Elle redit le nom de son enfant :
Toujours, toujours on a le cœur content
Près d'une Mère.

Près d'une mère, oh ! c'est le plus grand bien !
Dans la douleur sa voix est un dictame,
Elle adoucit tous les maux de notre âme ;
Dans la misère, oh ! c'est un doux soutien,

Son regard chasse une pensée amère,
Comme à sa voix le bonheur est nouveau :
Toujours, toujours l'avenir paraît beau
Près d'une Mère

REGRETS

Lusitanie,
Sous ton ciel enchanteur,
J'ai dans ma vie
Eu des jours de bonheur :
Sur le brillant rivage
Du beau fleuve du Tage,
Plaisirs, amours
Ont charmé tous mes jours.

Riches campagnes,
Bois d'orangers fleuris,
Hautes montagnes,
Doux lieux que j'ai chéris.
Oh ! combien je regrette
Ma paisible retraite,
Les bords déserts
Du rivage des mers.

Rive fleurie,
Et brillante toujours,
Citée chérie,
Doux et riants séjours,

Oh ! que ne puis-je encore
Près de la tour du Maure
Chanter ton ciel,
Ton printemps éternel.

LE ROUGE-GORGE

Quand le premier reflet d'automne
Paraît dans les riants vallons ;
Que la feuille flétrie et jaune
Du rameau tombe, et tourbillonne
Au souffle froid des aquilons ;

Dans tous ces jours où la nature
Se revêt de pâles couleurs ;
Que tout annonce la froidure ;
Que la bise déjà murmure
Et fait périr les belles fleurs ;

Dès longtemps déjà Philomèle
A quitté nos bois et nos champs,
Et la plaintive tourterelle
Abandonne son nid fidèle,
Regrettant les jours de printemps.

Combien aussi chacun regrette
Les longs jours, le soleil d'été,
Les champs fleuris, la douce herbette,
Le frais qu'on prend sous la coudrette,
Et de l'air la suavité !

Mais de tendres et gais ramages
Viennent encor enchanter l'air,
Et, parmi les pâles feuillages,
Un habitant des doux bocages
Vient pour charmer les jours d'hiver.

O toi que la beauté décore,
Rouge-Gorge au gracieux vol?
Ta voix résonne dès l'aurore,
Et le soir tu chantes encore,
Comme en été le rossignol.

Voyez-le, quand Phébus rayonne,
Sur les ormes et les noyers;
Parmi leurs branches, il chantonne,
Puis tout à coup s'envole et tonne
Sur la cime des peupliers.

Sur le chaume et toits du village,
Dans la cabane du berger,
Sans jamais paraître sauvage,
Il vient faire son doux ramage
Et joyeusement voltiger.

Quand la neige couvre la terre,
Nul autre oiseau n'ose chanter;
Mais lui, bravant toute misère,
Jamais triste, ni solitaire,
Veut en tout temps nous égayer.

Chante toujours, bel oiseau, chante;
Fais résonner tes doux accents;
Que ta voix, joyeuse et charmante,
Et nous ravisse et nous enchante
Jusqu'au doux retour du printemps !

MON PAYS & MES AMOURS

ROMANCE

J'ai quitté ma vieille mère,
Mes champs, mon riant vallon,
Mon amie et ma chaumière.
Pour avoir l'éclat d'un nom.
Mais, hélas! que je regrette
Mon beau ciel, mes calmes jours,
Mes troupeaux et ma musette,
Mon pays et mes amours!

Je ne rêvais qu'à la gloire;
Ses attraits charmaient mon cœur :
De courir à la victoire,
C'était là, tout mon bonheur
Mais quand je vis ces vains charmes
Venir attrister mes jours,
Je disais, versant des larmes :
Mon pays et mes amours!

Rendez-moi, Vierge-Marie,
Mes beaux champs et mes châlets!
Faites renaître à la vie

Un cœur brisé de regrets !
Qu'étant en joyeux délire,
Je voie encor de beaux jours !
Et, qu'heureux, je puisse dire :
Mon pays et mes amours !

AMOURS

Ah! que j'aime les nuits sereines! et les soirs
Avec leurs doux rayons, leurs magiques miroirs,
Leurs mystères, leurs sombres voiles,
Les nuages pourprés et l'horizon brumeux,
Les chants aériens, les ombres, et des cieux
Le dôme parsemé d'étoiles!

Ah! combien j'aime entendre un doux son de haut bois
Celui du cor mourant dans l'épaisseur du bois,
Le chant plaintif de Philomèle,
Les arbres frémissant au doux souffle du vent,
Le bruit d'une cité qu'on entend vaguement,
Et celui d'un troupeau qui bêle!

Ah! mais j'aime surtout, quand je suis assis, seul,
Sous de grands maronniers ou sous quelque tilleul,
Qu'un rayon de l'astre nocturne,
Se dégageant des flancs d'un nuage d'argent,
Perce le noir feuillage, et glisse doucement
Sur mon front hâle et taciturne!

Lyon 1842

Qui me fait tant rêver étant à la campagne?
C'est que la poésie en tous lieux m'accompagne,
Que mon âme est ravie en contemplant les champs,
C'est que j'oublie en paix les fêtes et le monde,
Que je ne vois partout que lumière féconde,
Que l'air que je respire enivre tous mes sens;

C'est que j'aime les voix de la belle nature,
Ses grands concerts d'amours, ses magiques tableaux,
Les grands arbres, les fleurs, les eaux et la verdure,
Le souffle du zéphir et le chant des oiseaux.

Je te revois, ô ma douce patrie!
Après deux ans d'un exil si cruel.
Oh! désormais, de ta rive fleurie
Je ne fuirai les champs, ni le beau ciel!
Je n'aurai plus ni peine, ni misère;
Je verrai fuir, joyeux, l'aile du temps;
Je resterai près de ma bonne mère,
Et je serai l'appui de ses vieux ans.

En rade de Toulon.

SOUVENIR

Douce patrie,
Terre chérie,
Quand je quittai tes champs et ton beau ciel,
O souvenance!
Quelle souffrance
Que j'éprouvais à ce départ cruel!

L'onde écumante
Et mugissante,
Le premier jour s'élançait jusqu'aux cieux;
Et brigantine,
Voile latine
Se débattaie t contre des vents affreux.

Tout à la ronde,
Le ciel et l'onde
Nous présentaient l'image du trépas;
Et la tempête,
Sur notre tête
Se déchaînant, grondait avec fracas.

Mais une étoile
Qui se dévoile,
Nous rend l'espoir; bientôt le firmament,
La nuit obscure,
Aux yeux s'épure
Et rend la joie à notre cœur souffrant.

La matinée
De la journée
Nous apparut brillante à l'horizon;
Et puis la terre,
Avec mystère,
S'offrit bientôt en pleine floraison.

Parfois, les dunes
Et les lagunes
Étincelaient au doux soleil levant;
Notre goëlette
Était coquette
Avec ses voiles arrondies au vent.

Des côtes grises
Combien les brises
Nous apportaient de suaves senteurs!
On voyait luire
Monts de porphyre,
Rocs de granits aux brillantes couleurs.

Dans la nuit brune,
Parfois la lune

Apparaissait au loin sur les monts noirs;
L'onde azurée
En l'empirée
N'offraient à l'œil que magiques miroirs.

Hautes montagnes,
Champs des Espagnes,
Plaines, vallons, coteaux et riants bords;
Vague plaintive
Qui, sur la rive,
Formait toujours d'harmonieux accords;

Douce patrie,
Terre chérie,
Quand je revis tes champs et ton beau ciel,
Quelle allégresse!
Dans cette ivresse,
Mon doux bonheur me parut éternel!..

Marseille 1841.

UNE FLEUR

Chacun sur la terre
Chérit et préfère
Tel bien, tel trésor :
L'un aime l'ivresse;
L'autre une maîtresse
Et des autres l'or.

Moi, pauvre trouvère,
Ce qui sur la terre
Fait mon seul bonheur,
C'est de voir fleurie,
Dans une prairie,
Une simple fleur.

Cette fleur que j'aime
D'un amour extrême
Aux attraits charmants,
Parmi la verdure
Fleurit sans culture
Quand vient le printemps.

Sa blanche corolle
Est le doux symbole
De la chasteté ;

Elle offre à l'enfance
Amour, innocence
Et naïveté.

Gente bergerettè,
Dans les prés seulette,
Va l'interroger;
Et la fleur révèle
Si toujours fidèle
Sera son berger.

Quand le jour s'éveille,
Fraîche et vermeille,
Entr'ouvrant son sein
Humide, elle étale
Sa frêle pétale
Aux feux du matin.

Par sa petitesse,
Elle peut sans cesse
Braver les autans.
C'est la brise seule
Qui parfois l'effeuille
En courant les champs.

Voulez-vous connaître
Cette fleur champêtre,
Aux simples atours?
C'est la Marguerite,
Ma fleur favorite,
La fleur des amours.

L'ATTENTE DU PÊCHEUR

Déjà la nuit fait fuir le jour :
Au rendez-vous je suis fidèle;
Depuis longtemps ma voix t'appelle.
Ah! viens dans ma nacelle,
Viens, mon amour!

Du soir déjà l'étoile
Paraît au firmament;
Ma frêle et blanche voile
S'incline doucement;
Je vois d'autres gondoles
Qui voguent sur la mer,
J'entends des barcarolles
Qui résonnent dans l'air.

Déjà la nuit fait fuir le jour, etc.

La lune, pâle et blonde,
En fuyant dans les cieux,
Semble jeter sur l'onde
Un regard amoureux.
La brise qui se lève

Forme un écho bruyant,
Et le flot sur la grève
S'étend en murmurant.

Déjà la nuit fait fuir le jour, etc.

De ta cruelle absence
Je deviens soucieux.
Ah! viens, par ta présence,
Me rendre encor heureux!
O bonheur!... sur la rive
Un écho me répond,
Et, douce et plaintive,
Une voix dit mon nom!...

Déjà la nuit fait fuir le jour :
Au rendez-vous je suis fidèle ;
Depuis longtemps ma voix t'appelle.
Ah! viens dans ma nacelle.
Viens, mon amour!

LISETTE

CHANSONNETTE

Hier, j'ai revu Lisette,
Mais, hélas ! avec douleur !...
Ce n'est plus la bergerette
Qui brillait par sa candeur...
La coquette ! elle préfère
Les seigneurs aux paysans !...
Elle n'était pas si fière
Quand elle avait quatorze ans !...

Que de fois dans la prairie,
Gardant nos troupeaux, joyeux,
Sur l'herbe verte et fleurie
Nous folâtrions tous deux !...
Je pressais sa main mignonne ;
Nous jouions en vrais enfants...
Ah ! combien elle était bonne
Quand elle avait quatorze ans !...

Les habitants du village
Aimaient à nous voir tous deux.
On la nommait la plus sage,
A moi le plus amoureux ;

On aimait son air affable,
Ses propos doux et charmants.
Ah! comme elle était aimable
Quand elle avait quatorze ans!...

Tout me ravissait en elle :
Ses doigts étaient blancs et longs,
Sa voix gracieuse et belle,
Ses cheveux soyeux et blonds;
Douce était sa causerie,
Ses yeux bleus, blanches ses dents.
Ah! comme elle était jolie
Quand elle avait quatorze ans!...

Mais puisque son cœur m'oublie,
Oui, je veux bien à mon tour,
Oublier sa perfidie,
La dédaigner chaque jour.
Ah! qu'elle soit, la coquette,
L'objet de bien des cancans...
Mais cependant je regrette
Qu'elle n'ait plus quatorze ans!..

LA CORVETTE FRANÇAISE LA COQUETTE

De toute l'escadre de France,
Nul vaisseau n'a tant d'élégance,
De charme et de légèreté
Que la gracieuse corvette
Qui porte le nom de *Coquette* :
C'est la perle de la beauté.

Sa poupe est ronde et relevée,
Sa quille bien mince, effilée,
Son beaupré dégagé et long,
De son grand gouvernail la roue
Est toute dorée, et la proue
Porte une étoile sur le front.

Haute et légère est sa mâture,
Blanche et vermeille est sa voilure,
Longs et légers sont ses canots ;
A la tempête elle tient ferme,
Et les hommes qu'elle renferme
Sont l'élite des matelots !

O mon Dieu ! combien elle est belle
Quand doucement elle chancelle,
En roulant sur les flots amers !

Oh ! combien elle est gracieuse
Quand, sillonnant l'onde amoureuse,
Elle fuit sur l'azur des mers !

Qu'il est beau de voir ses antennes,
Ses grands mâts, ses hunes hautaines
Briller aux rayons du soleil !
Avec ses riches balustrades,
Son cabestan, ses caronades,
Tout son tillac paraît vermeil.

Ah ! il faut la voir, la *Coquette*,
Pavoisée, en un jour de fête,
Avec tous ses brillants drapeaux ?
Il faut la voir quand elle penche
Avecque sa voilure blanche
Vers le sein azuré des eaux !

Que de fois, depuis le rivage
Que baigne le fleuve du Tage,
Je la voyais se balancer !...
Toujours gracieuse et légère,
Avec amour la vague amère
Paraissait toujours la bercer.

Sur le Tage, l'escadre anglaise,
La française et la portugaise,
Et l'américaine, souvent
Evoluaient dans une fête ;
Mais c'était toujours la *Coquette*
Qu'on voyait marcher en avant.

De toute l'escadre de France,
Nul vaisseau n'a tant d'élégance,
De charme et de légèreté
Que la gracieuse corvette
Qui porte le nom de *Coquette* :
C'est la perle de la beauté.

Paris 1842.

De toute l'escadre de France,
Nul vaisseau n'a tant d'élégance,
De charme et de légèreté
Que la gracieuse corvette
Qui porte le nom de *Coquette* :
C'est la perle de la beauté.

Paris 1872.

LE SOIR

ROMANCE

Voici le soir, le soir au doux silence,
Le jour s'éteint, et ses bruyantes voix,
A l'Horizon le char des nuits s'avance,
L'oiseau se tait et rentre dans les bois :
Voici le soir, voici le soir.

Voici le soir, et l'étoile amoureuse
Blanchit aux champs les tapis de gazon ;
La lune, au loin, se lève radieuse,
Et ses clartés argentent l'horizon :
Voici le soir, voici le soir.

Voici le soir, et le feuillage sombre
Déjà frémit au souffle du zéphir ;
Dans la cité des feux brillent dans l'ombre ;
Ses bruits confus, par degrés, vont mourir :
Voici le soir, voici le soir.

Voici le soir, Philomèle plaintive
Jette dans l'air ses soupirs et ses chants ;

Le flot, mourant, vient caresser la rive,
Et ses échos deviennent gémissants :
Voici le soir, voici le soir.

Voici le soir, ma douce bien-aimée,
Eloignons-nous des regards curieux,
Enivrons-nous de la brise embaumée,
Et dans les bois fuyons, fuyons tous deux :
Voici le soir, voici le soir !...

. . . .

ADIEUX

Adieu, fleuve de la Gironde,
Vagues bleues de l'Océan,
Pays brillant où tout abonde,
Fertiles bords, terre féconde,
Adieu Royan, adieu Royan.

Adieu, lieux enchantés, frais et riants rivages,
Où j'aimais à chercher les petits coquillages,
Entendre la voix des marins,
Rochers aux fronts noircis, que lave une mer grise,
Où j'allais respirer les parfums de la brise
Sous les bosquets de tamarins.

Adieu, blancs goëlands, dont les ailes pendantes
Rasaient les flots amers et les vagues mouvantes,
Jetant dans l'air des cris plaintifs;
Adieu, côte marine; adieu, plage dorée,
D'où, par un frais matin, sur la mer azurée,
Je vis fuir de légers esquifs.

Adieu, fleuve de la Gironde,
Brillante tour de Cordouan,
Riant pays où tout abonde,
Fertiles bords, terre féconde,
Adieu Royan, adieu Royan.

En mer.

LE POÈTE MOURANT

L'automne déclinait : les oiseaux des bocages
Ne faisaient plus dans l'air retentir leurs doux chants;
Les fleurs se flétrissaient et des bois les feuillages
S'effeuillaient tout jaunis au souffle des autans.

Tout attristait les champs : plus de lumière pure,
Plus de brise apportant de suaves senteurs ;
La nature expirait, et partout la verdure
Paraissait sans éclat, sans charme et sans couleurs.

La bise et l'aquilon commençaient à bruire,
L'astre-roi devenait pâlissant chaque jour,
Les troupeaux, les amants, les oiseaux, le zéphire,
Tout faisait ses adieux à la saison d'amour.

Un poète mourant, au printemps de la vie,
Pour la dernière fois, parcourait seul les champs,
Pensant à sa jeunesse, hélas! sitôt ravie!
Il murmurait ces vers, les derniers de ses chants :

« C'en est fait ! pour jamais je vais quitter la terre !...
Dans la douleur, hélas ! j'achève ma carrière...
Mon Dieu ! je suis vos lois...
Un mal depuis longtemps m'accable et me dévore !
O beaux champs que j'aimais, je viens vous voir encore
Pour la dernière fois...

O toi qui croyais tant qu'un brillant hyménée
Nous unirait un jour, ma douce fiancée,
Ange que j'aime tant,
Tu ne m'entendras plus, hélas ! encor te dire,
Lors que tu me faisais ton plus tendre sourire :
« Oh ! que je suis content !... »

Je vois devant mes pas s'entr'ouvrir une tombe,
Chaque jour qui s'enfuit, chaque feuille qui tombe
Me présage la mort !...
Le souffle de l'automne a flétri ma poitrine !
Et ma voix s'affaiblit quand le rameau s'incline
Au vent qui vient du nord.

Adieu, noble et belle nature,
Gazons fleuris, grands arbres verts ;
Adieu ruisseau dont l'onde pure
Serpente sous de frais couverts ;
Senteurs que le printemps exhale,
Brise suave et matinale,
Zéphir léger, ombre des bois,
Lieux témoins de mes rêveries,
Lits de mousse, vertes prairies,
Adieux pour la dernière fois !...

Adieu donc, ma mère chérie,
Toi que j'aimais tant à bénir;
Adieu, ma douce et tendre amie,
La mort m'appelle... il faut partir !...
Adieu, bocage solitaire,
Riants vallons, vieille chaumière
Où je coulais de si beaux jours,
Clocher rustique du village,
Croix de pierre, amis du jeune âge,
Mes amis, adieu pour toujours! »

Il dit et s'éloigna, le cœur plein de tristesse,
Et d'une faible voix il murmurait sans cesse :
Doux et champêtres lieux,
Bois où j'ai tant rêvé dans l'ombre et le mystère,
Prés fleuris, verts coteaux, frais vallons, onde claire,
Recevez mes adieux. . . . .
. . . .
. . . .

Adieu donc, ma mère chérie,
Toi que j'aimais tant à bénir;
Adieu, ma douce et tendre amie,
La mort m'appelle... il faut partir !...
Adieu, bocage solitaire,
Riants vallons, vieille chaumière
Où je coulais de si beaux jours,
Clocher rustique du village,
Croix de pierre, amis du jeune âge,
Mes amis, adieu pour toujours ! »

Il dit et s'éloigna, le cœur plein de tristesse,
Et d'une faible voix il murmurait sans cesse :
« Doux et champêtres lieux,
Bois où j'ai tant rêvé dans l'ombre et le mystère,
Prés fleuris, verts coteaux, frais vallons, onde claire,
Recevez mes adieux. . . . .
. . . .
. . . .

LA FIANCÉE DU PÊCHEUR

ROMANCE

Cesse tes pleurs, pauvre Marie !
Tes vœux, hélas ! sont superflus !...
Celui pour qui ton âme prie,
C'en est fait ne reviendra plus !...
Depuis trois jours l'orage gronde,
L'aquilon souffle avec fracas,
Et le pauvre pêcheur, sur l'onde,
Sans doute, aura péri, hélas !

Mais la pauvre Marie
Disait toujours : Mère chérie,
Dieu le conservera,
Et le sauvera du naufrage :
Sur le rivage
Il reviendra...

Quand, chaque jour, dans ma prière
J'implore la Reine des cieux,
Je crois entendre une voix chère
Me dire : J'exauce tes vœux...
A la Vierge j'ai confiance ;

La patronne des matelots
Aura pitié de ma souffrance,
Et sauvera Pierre des flots.

Et la pauvre Marie
Disait toujours : Mère chérie,
Dieu le conservera,
Et le sauvera du naufrage :
Sur le rivage
Il reviendra...

Mais quand la tempête et l'orage
Loin des flots furent retirés,
On ne vit venir au rivage
Que des débris de naufragés !...
Bien d'âmes furent en alarmes,
Bien des cœurs eurent à souffrir,
Bien des veuves, versant des larmes,
Demandaient à Dieu de mourir...

Et la pauvre Marie
Ne disait plus : Mère chérie,
Dieu le conservera,
Et le sauvera du naufrage :
Sur le rivage
Il reviendra...

CONSEILS

Mon enfant, te voilà dans l'âge
Où l'on cesse d'aimer le bien,
Où l'on ne veut plus être sage,
Pour croire aux propos du mondain;
Ah ! redoute bien sa présence,
De tromper il se fait un jeu;
Pour conserver ton innocence,
Mon enfant aime toujours Dieu.

Dans cet âge on voit la folie
S'offrir sous un charme enchanteur;
La vie apparaît embellie,
L'amour rayonnant de bonheur;
Mais de tous ces plaisirs, l'ivresse
N'est point suave, et dure peu;
Pour être contente sans cesse,
O mon enfant, aime bien Dieu.

Dédaigne ces plaisirs frivoles
Qui n'ont pas d'enivrants transports,
Et nargue ces passions folles
Qui ne laissent que des remords;

Pour être heureuse sur la terre,
Regarde souvent le ciel bleu,
Et pour toujours chérir ta mère,
O mon enfant, aime bien Dieu.

SIMPLE ROMANCE

Vous me grondez, Ermance,
Pouvez-vous m'accuser
De froide indifférence,
De ne plus vous aimer...
Moi, l'amant si fidèle,
Oublier mes amours !...
Ah ! croyez-moi, cruelle,
Je vous aime toujours !

Parce qu'avec Lisette
Vous m'avez vu danser,
Et qu'à cette coquette
J'ai pris un seul baiser,
Vous dites, en alarmes :
J'ai perdu mes amours !
Ne versez plus de larmes,
Je vous aime toujours !

Calmez votre souffrance,
Mettez toujours en moi
Entière confiance,

Et croyez à ma foi ;
Aucune autre bergère
Ne sera mes amours,
Vous seule m'êtes chère,
Je vous aime toujours !

LA FAUVETTE

ROMANCE

O gentille fauvette
Qui chante le printemps,
Je viens avec Lisette,
Ecouter tes accents ;
Oh ! ne sois pas craintive
Pour tes douces amours,
O fauvette plaintive,
Chante, chante toujours.

L'habitant du village
T'admire, et le berger
Aime, dans le feuillage,
A te voir voltiger ;
La bergère est heureuse
En voyant tes amours,
O fauvette amoureuse,
Chante, chante toujours.

Quand là-bas, près du chêne,
J'entends de faibles cris,
Tu parais incertaine

D'aller voir tes petits ;
Ne crains rien, fille aimante,
Si l'on sait tes amours,
O fauvette charmante,
Chante, chante toujours.

LA MAISON PATERNELLE

A MON AMI F.-M.

Te souvient-il, ami, de l'antique chaumière
Où j'ai reçu le jour,
De la pauvre chambrette obscure et solitaire,
Berceau de mon amour.

Te souvient-il du clos, quand au temps des vendanges
Nous allions tous les deux
Courir et folâtrer, contents comme des anges,
Et comme eux bienheureux.

Comme la vie alors était fraîche et vermeille,
Quels plaisirs enivrants
Que nous avions tous deux, en courant sous la treille
Et dans ces lieux charmants.

Oh ! vois-tu, comme moi, ma simple maison blanche,
Faisant face au grand bois,
Vois-tu son humble seuil, et ce figuier qui penche
Ses rameaux sur les toits.

Vois-tu son noir foyer, sa vaste cheminée,
Où brûlait le sarment,
Vois-tu depuis dehors une blanche fumée
Qui monte en tournoyant,

Vois-tu, dans le verger, les fruits mûrs de l'automne
Tomber au vent du soir,
Et, dans le noir cellier, ce nectar qui bouillonne
En sortant du pressoir.

Oh ! que j'ai de regrets de ne pouvoir encore
Habiter ce séjour,
Ni là, chaque matin, quand reparaît l'aurore,
Bénir le Dieu du jour.

Oh ! combien nous avons passé là de journées
Dans le sein du bonheur,
Que d'instants de plaisirs, que d'heures fortunées,
Que de paix dans le cœur,

J'ai bien fait mes adieux aux rêves d'espérance.
Aux fêtes, aux beaux jours,
A mon joyeux printemps... mais à sa souvenance,
J'y penserai toujours...

Mérignac 1843.

PÉTRARQUE RÊVANT DE LAURE

Laure, voici le temps d'aller sous la coudrette
Voir ses beaux rameaux verts, cueillir la violette,
S'ébattre sous l'ombrage et rêver aux amours ;
C'est le temps d'aller voir reverdir la vallée,
Et la troupe toujours vive, alerte, éveillée
Des oiseaux des bois d'alentours.

Laure, voici le temps de respirer les roses,
D'aller chercher aux champs les fleurs fraiches écloses,
Un lit de verte mousse en l'épaisseur du bois ;
C'est le temps d'aller voir lever la douce aurore,
Et de nous rappeler, ô mon amie, encore
Tous nos beaux rêves d'autrefois.

Oh ! allons donc tous deux, ma tendre bien aimée,
Respirer la fraîcheur de la brise embaumée
Qui souffle dans les champs, en caressant les fleurs;
Allons voir onduler l'haleine matinale
Qui flotte sur le sein des guérets, puis exhale
D'enivrantes et douces senteurs.

Qu'il est doux d'être loin du monde et de la ville,
D'habiter un séjour agréable et tranquille,
De n'entendre pour bruit que le chant des oiseaux ;
Qu'il est doux de pouvoir faire une rêverie,
En écoutant, au sein de la verte prairie,
Le doux murmure des ruisseaux.

Aimons-nous donc toujours, ma douce et tendre amie,
L'amour c'est le bonheur, des anges c'est la vie,
Oh ! surtout maintenant que règne le printemps ;
Quand tout chante et bénit l'auteur de la nature,
Unissons nos deux cœurs par une amitié pure,
Et goûtons le bonheur aux champs.

L'AMITIÉ

A MON AMI V. DE B.

L'amitié, mon ami, est une vive flamme
Qui brille pour charmer les cœurs,
C'est elle qui soutient et soulage notre âme
Quand elle éprouve des malheurs;
Sa voix chasse l'ennui et la douleur amère,
Ou souffre avec nous de moitié,
Oh ! si l'on doit trouver le bonheur sur la terre,
Ce n'est qu'au sein de l'amitié.

C'est l'amitié qui rend la force et le courage,
Aux pauvres comme aux malheureux ;
Sa main, quand l'homme est près de faire un grand naufrage,
Le sauve de l'abîme affreux.
Un cœur faible et souffrant, à son regard sincère,
Est tout à coup fortifié ;
Ami, si le bonheur doit être sur la terre,
Cherchons-le dans notre amitié.

PAUVRE FILLE & PAUVRE FLEUR

A MON AMI J.-V.

Dans le sentier d'une vallée,
Au bord d'un limpide ruisseau,
Je vis une croix isolée
Qui s'élevait sur un tombeau.

Tout était calme et solitaire
Auprès de ce lieu de douleur,
Et sur la pierre tumulaire
S'inclinait une pauvre fleur.

Je m'assis sur un banc de mousse,
Et pleurais, ne sachant pourquoi,
Quand une voix bien triste et douce
Se fit entendre près de moi.

Et l'écho me parut étrange
Dans ce lieu : je voulus crier,
Mais soudain je crus voir un ange
Qui cheminait dans le sentier.

Et c'était une jeune fille,
Aux cheveux rangés en bandeaux,
Qui s'avança, grave et tranquille,
Vers l'asile du doux repos.

Bientôt je la vis en prière
Au pied de la croix de bois noir ;
Sa voix, souvent, dit : O ma mère !
Quand donc pourrais-je te revoir !

Elle se releva pleurante,
Et puis, marchant avec lenteur,
Elle fut incliner, tremblante,
Ses lèvres sur la pauvre fleur.

Je m'approchais alors près d'elle...
— Fixant sur moi son grand œil noir,
Encore quelques jours, dit-elle,
Et j'irai, enfin la revoir...

J'étais tremblant en sa présence...
Elle me dit avec douceur :
— Oh ! ne troublez pas mon silence,
Laissez-moi vivre en ma douleur !

C'est là que repose ma mère !...
Mais son âme vit dans les cieux !
Dans peu de temps la même terre
Nous recouvrira toutes deux.

Quand de cette fleur le calice
Sera pour tout jamais flétri,
Lors s'achèvera mon supplice,
Comme elle je mourrais aussi.

. . . .
. . . .

Et de la brise une rafale
Souffla courbant le vert roseau,
Et de la fleur une pétale
Tomba sur le bord du tombeau.

. . . .
. . . .

— Voyez, dit-elle, une journée
De moins à passer ici-bas...
— Demain, la fleur sera fanée...
Me dis-je, soupirant tout bas.

Mourir au printemps de la vie !
Lui dis-je, palpitant d'effroi,
— Ah ! reprit-elle, je vous prie,
Laissez... fuyez... oh ! fuyez-moi !

J'écoutais encor sa prière,
Triste, rêveur et chagriné,
Quand elle avait fui la première...
Je revins à moi, consterné.

Ainsi je quittai la vallée,
Levant parfois les yeux au ciel,
Et de la vierge désolée
Je plaignis le malheur cruel.

. . . .
. . . .

Dans cet asile solitaire,
Seul je revins huit jours après;
La fleur n'était plus sur la terre...
En place, on voyait deux cyprès.

Je restai longtemps en silence,
Et n'entendis aucune voix;
Seulement je vis... ô souffrance!
Un nom de plus... mis sur la croix.

L'ORPHELINE

Je suis sans soutien sur la terre,
Et vis sans paix et sans espoir;
J'ai pour tout bien la froide pierre
Où je vais chaque jour m'asseoir.
Orpheline dès mon enfance;
Je n'ai connu d'autres douceurs
Que de vivre dans la souffrance,
De gémir et verser des pleurs !...

J'ai vu l'oiseau dans le bocage
S'égayer, chanter tour à tour;
J'ai vu les enfants du village
Grandir au doux soleil d'amour;
Et moi, sans joie et sans ivresse,
Je n'ai connu d'autres douceurs
Que de vivre dans la tristesse,
De gémir et verser des pleurs !...

Pourquoi n'ai-je pas eu de mère
Pour élever mes jeunes ans?
Pourquoi les vœux de ma prière

Restent-ils toujours inconstants?
C'en est fait, je quitte la terre
Sans avoir eu d'autres douceurs
Que de vivre dans la misère,
De gémir et verser des pleurs!. .

FIN DES PREMIERS CHANTS

UNE VOIX DANS LES TEMPÊTES DE 1847

UNE VOIX DANS LES TEMPÊTES DE 1847

UNE VOIX DANS LES TEMPÊTES DE 1847

FÉVRIER 1847

. . . .
. . . .

Les voyez-vous passer... ce Spectre et ce Fantôme
Sans cesse voyageant de royaume en royaume;
Mais qui, depuis deux mois à pas précipités,
Hélas! ont parcouru nos champs et nos cités;
Le pauvre laboureur, assis dans sa chaumière,
Pleure les fruits perdus de sa moisson dernière;
Et l'ouvrier de ville, accablé de douleur,
Demande constamment du pain et du labeur...
Le feu manque au foyer et l'argent à la bourse,
Le crédit est tari jusqu'au fond de sa source,
Et le vice mondain si longtemps combattu,
Voit la douce innocence et la sainte vertu
Recevoir doucement ses caresses impures...
Car c'est en vain qu'on crie à ces monstres parjures,
D'aller porter ailleurs leurs terribles fléaux.

Ils restent froids, hélas! aux plaintes de nos maux,
Et disent tour à tour d'un ton dur et sévère :
L'un, — Moi, je suis la Faim ; — Moi, je suis la Misère!!

. . . .

UN COMBAT

Un jour, trois Aigles noirs, se mirent en campagne
Pour aller dévorer quelque faible troupeau ;
Parcourant la Russie et les champs d'Allemagne,
Elles virent de loin voltiger un oiseau.

C'était un Aigle aussi ! mais, hélas ! sans compagne...
Son plumage était blanc, son regard doux et beau !
Il ne quittait jamais son agreste montagne
Pour tâcher d'égorger quelque paisible agneau...

Les Aigles noirs, voyant cet Aigle magnanime
Aux champs de la Pologne assouvirent leur crime,
Lui brisèrent le corps, lui piquèrent les yeux...

— Maintenant on la voit encor toute sanglante
Se traîner vers la tombe affaiblie et mourante
Mais espérant toujours d'être vengée aux cieux !...

Juillet 1847.

UN COMBAT

Un jour, trois Aigles noirs, se mirent en campagne
Pour aller dévorer quelque faible troupeau ;
Parcourant la Russie et les champs d'Allemagne,
Elles virent de loin voltiger un oiseau.

C'était un Aigle aussi ! mais, hélas ! sans compagne...
Son plumage était blanc, son regard doux et beau !
Il ne quittait jamais son agreste montagne
Pour blesser d'égorger quelque paisible agneau...

Les Aigles noirs, voyant cet Aigle magnanime
Aux champs de la Pologne assouvirent leur crime,
Lui brisèrent le corps, lui piquèrent les yeux...

Maintenant on la voit encor toute sanglante
Se traîner vers la tombe affaiblie et mourante,
Mais espérant toujours d'être vengée aux cieux !...

Juillet 18[illegible].

TABLEAU DE GUERRE CIVILE

. . . . Voilà dix-sept années
Que le peuple vainqueur aux trois grandes journées
En brisant tous les fers de sa captivité,
Proclamait dans Paris l'auguste Liberté ;
Et comme on voit les eaux au temps des grandes crues,
Inonder des cités les places et les rues.
Ainsi la foule allait... torrent impétueux,
Parcourir les quartiers dans un désordre affreux :
Hommes, femmes, enfants affamés de vengeance,
— Criaient ensemble à bas les tyrans de la France ! —
Armés sans soins, sans art, mais vaillants aux combats,
On les voyaient braver d'intrépides soldats,
Des brillants boulevards les pierres, les grands ormes,
Aux lourds pavés de grés entassés tous difformes,
Barricadaient des lieux où les rangs ennemis
Se voyaient ou vaincus ou bien mal affermis.
Comme un épais brouillard répandu sur la terre,
La fumée à longs flots couvrait la ville entière :
Et les cris et l'airain mariés au canon,
Épouvantaient les airs de leur affreux bourdon ;
Les feux qui se croisaient au milieu du carnage,
Ressemblaient aux éclairs précurseurs d'un orage
Qui tonne en même temps qu'il se montre à nos yeux.
Des cadavres noyés dans un sang tout fangeux,

Présentaient aux regards un horrible spectacle :
Mille blessés voulaient fuir parmi la débâcle
Recevaient à leur tour un dernier coup mortel,
Et d'autres expiraient dans un tourment cruel.
O sainte Liberté ! lorsqu'en ces jours d'alarmes
Chaque citoyen veut te venger par les armes,
Que de braves, hélas ! qui, victimes du sort,
Au lieu d'être vainqueurs ne trouvent que la mort.
Mais leurs frères sont là pour vanter leurs mémoires,
Pour proclamer leurs noms au milieu des victoires,
Pour vanter leurs exploits et les yeux pleins de pleurs,
Recouvrir leurs tombeaux de lauriers et de fleurs !

. . . .

Juillet 1847.

A LA MÉMOIRE DE JACQUES LAFFITTE

Le voilà donc parti pour l'éternel voyage,
Cet homme de cœur et de bien;
Ce héros de Juillet! ce vainqueur brave et sage,
Ce grand et noble citoyen!

Le voilà pour toujours éloigné de ces fêtes
Où le peuple a tant de fierté!
Absent de ces combats où toutes les conquêtes
Sont pour sauver la liberté!

Vous ne le verrez plus, despotes de la France,
Antagonistes de l'honneur;
Vous ne le verrez plus armé de sa vaillance,
Vous jeter un regard vainqueur!

Vous ne l'entendrez plus parmi vos assemblées
Crier : Anathème aux tyrans!
Et vos âmes, hélas! seront bien moins troublées
Dans vos foyers et dans vos rangs!

Pauvre peuple, un de moins pour soutenir ta cause !
Pour défendre en tout temps tes droits !
Pour charmer ton esprit quand il sera morose ;
Pour t'aimer, te plaindre à la fois !

Pleurez-le, pleurez-le cet ami, ce bon frère,
Cet homme de cœur et de bien ;
Pleurez ce vrai Français, pleurez ce digne père,
Pleurez ce noble citoyen !

1847.

SUR LA MORT DE DANIEL O'CONNELL

Pauvre Irlande ! à genoux, dans ta souffrance amère,
Tu pleures maintenant ton soutien et ton père,
Ton brave défenseur dont l'éclatante voix
Fit trembler si longtemps les tribuns et les rois.
Tu ne le verras plus, dans tes longs jours d'alarmes,
Venir avec amour faire sécher tes larmes...
Quand l'Anglais proscrira ta sainte liberté,
Il ne sera plus là pour vaincre sa fierté...
Voile ton front de deuil comme une pauvre veuve
Qui de son noir chagrin subit la rude épreuve,
Mais ranime en ton sein, accablé de douleurs,
Et la force et l'espoir pour braver tes malheurs.
Dans ces moments de crise, arme-toi de courage ;
Parle à tous tes enfants du joug de l'esclavage
Qu'ils devront secouer, si jamais des tyrans
Veulent venir encor commander dans tes rangs...
Pour mieux faire pâlir le léopard farouche,
Que le nom d'O'conell vole de bouche en bouche...
Et si tu ne peux pas vaincre tes ennemis ;
Si la poudre et le fer, faisant faute à tes fils,
Leur empêchent d'offrir de vive résistance,
Fais comme la Pologne en ses jours de souffrance,
Frappe ton dernier coup chantant la liberté,
Et préfère la tombe à la captivité...

1847.

SUR LA MORT DE DANIEL O'CONNELL

Pauvre Irlande ! à genoux, dans ta souffrance amère,
Tu pleures maintenant ton soutien et ton père,
Ton brave défenseur dont l'éclatante voix
Fit trembler si longtemps les tribuns et les rois.
Tu ne le verras plus, dans tes longs jours d'alarmes,
Venir avec amour faire sécher tes larmes...
Quand l'Anglais proscrira ta sainte liberté,
Il ne sera plus là pour vaincre sa fierté...
Voile ton front de deuil comme une pauvre veuve
Qui de son noir chagrin subit la rude épreuve,
Mais ranime en ton sein, accablé de douleurs,
Et la force et l'espoir pour braver tes malheurs.
Dans ces moments de crise, arme-toi de courage ;
Parle à tous tes enfants du joug de l'esclavage
Qu'ils devront secouer, si jamais des tyrans
Veulent venir encor commander dans tes rangs...
Pour mieux faire pâlir le léopard farouche,
Que le nom d'O'Connell vole de bouche en bouche...
Et si tu ne peux pas vaincre tes ennemis ;
Si la poudre et le fer, faisant faute à tes fils,
Leur empêchent d'offrir de vive résistance,
Fais comme la Pologne en ses jours de souffrance,
Frappe ton dernier coup chantant la liberté,
Et préfère la tombe à la captivité...

1847.

UN CARNAGE EN POLOGNE

Allez, braves guerriers, combattants magnanimes,
Continuez toujours vos merveilleux hauts-faits !...
Frappez à coup mortels de loyales victimes !...
Seules, les lâchetés vous rendent satisfaits.

Vous n'avez pas encor commis assez de crimes,
Ni poussé jusqu'au bout vos odieux forfaits...
Vous êtes déjà grands !... Vous serez plus sublimes
Si vous faites ainsi d'autres brillants méfaits...

La Pologne, autrefois si belle et si puissante,
Sous vos plombs meurtriers est tombée expirante...
Fiers vainqueurs de ce peuple, oh ! que vous êtes beaux !...

Combien vous avez su remporter de victoires,
Tyrans qui trouvez tant de plaisirs et de gloires
A coucher des vivants dans le fond des tombeaux !...

DONNEZ TOUJOURS

ROMANCE

Heureux mortels, vous qui vivez sur terre
Libres, joyeux, sans soins du lendemain,
Daignez souvent soulager la misère
Des malheureux sans asile ou sans pain !...
Ah ! chérissez la douce bienfaisance !
Mieux que la gloire elle charme nos jours.
Il est si doux de calmer la souffrance !...
Pour les pauvres, donnez toujours !...

Il en est tant, de ces bons prolétaires
Courbant leurs fronts aux vents d'adversité !..
Riches du jour, montrez-vous tributaires
De chaque appel fait par la charité !...
Gais jeunes gens, rieuses jeunes filles,
Dans vos ébats, au sein de vos amours,
Pensez souvent à nos pauvres familles,
Pour les pauvres, donnez toujours!...

Quand l'indigent, d'un œil plein de tristesse,
Voit tant de biens aux heureux d'ici-bas,
Qu'il doit souffrir et se plaindre sans cesse
D'user sa vie à des travaux ingrats!...
Pour qu'il ait moins de douleur et d'envie,
Venez souvent lui porter des secours!...
Faire le bien, c'est le beau de la vie :
    Pour les pauvres, donnez toujours!...

FLEURS DES LANDES

FLEURS DES LANDES

ADIEU A L'ADOLESCENCE

A MON AMI V. DE B.

Maintenant que mon cœur n'a plus de fou délire,
Et que je vais changer les cordes de ma lyre
Pour qu'elle puisse rendre un son plus sérieux.
Ami, pensant encor au doux printemps de l'âge,
Je regrette, en pleurant, ce bonheur sans nuage
Qui, pendant bien longtemps, nous a rendus heureux.

Comme de pauvres fleurs par les autans fanées,
Nous voyons loin de nous fuir ces belles années
Si pleines d'avenir, de bonheur et d'espoir!....
Adieu donc les projets de la joyeuse enfance!
Adieu, songes dorés de notre adolescence!
Notre matin s'enfuit.... et nous touchons au soir!...

Vingt-cinq ans!... Et pourtant, on peut bien voir encore
Des jours calmes et purs!... Mais notre douce aurore

Avec ses beaux rayons ne reparaîtra plus!
Quand l'automne s'achève et que l'hiver commence,
Triste et le front rêveur, le vieillard recommence
A plaindre et regretter tous ses beaux jours perdus.

S'il est pour l'homme mûr un temps de dure épreuve,
Pour celui qui commence à descendre le fleuve
Qui mène son esquif dans le sombre Océan,
Il peut bien être triste en quittant le rivage
Où jamais il ne vit se déchaîner l'orage;
Il peut frémir, craignant un terrible ouragan...

Tout passe, tout s'éclipse, ici-bas, tout succombe :
A la fin des beaux jours, la feuille des bois tombe;
Le poitrinaire expire au milieu des douleurs;
Le pauvre oiseau souvent dans le filet se jette;
Le vaisseau disparaît quand gronde la tempête,
Et l'aquilon flétrit les plantes et les fleurs!...

Toute chose a son but, chacun poursuit sa route,
Les uns dans la croyance et d'autres dans le doute :
Le chrétien se confie à la voix d'un pasteur,
Le philosophe pense et juge notre vie,
Un stoïcien gémit, un roi suit son envie,
Et le poète chante et bénit le Seigneur.

Mais que de noirs pensers qui torturent son âme!
Que de tourments aigus que le plus doux dictame
Ne peut, hélas! calmer, tant son mal est affreux!

Ce sont des souvenirs reportés sur l'enfance,
De beaux rêves détruits, une vaine espérance,
Et l'avenir souvent qui paraît dangereux...

Ce sont des liens rompus, les regrets d'une amie
Compagne du jeune âge à notre amour ravie;
Un ami qu'on aimait et qu'on ne peut plus voir,
Des foyers bienheureux que le malheur remplace,
Un doux toit paternel qui conserve une place
Où l'on ne peut, hélas! aller encor s'asseoir.

Oh! qui me les rendra, ces biens que je regrette,
Ces plaisirs enivrants, cette ivresse parfaite,
Mes rêves de douze ans, si purs et si joyeux!...
Vingt ans! la liberté, la molle quiétude,
Des désirs enchantés, le charme de l'étude
Et la gloire montrant son prisme radieux!...

Mais non, contentons-nous de tout ce qui nous reste :
Je vois encor là-haut, dans la voûte céleste
Une étoile qui brille et qui guide mes pas;
J'ai des amis que j'aime et dont la voix m'est chère;
Un bon père, des sœurs, une bien tendre mère,
Et, pour bien me charmer, une lyre ici-bas!...

C'en est donc fait, mon Dieu, je ne veux plus me plaindre;
Et lorsque le malheur, hélas! viendra m'étreindre
Et m'enlever ceux qui me sont doux et chers,
Sous le poids de mes maux je courberai la tête;

Je vous dirai : Seigneur, que votre loi soit faite !
Et je vous bénirai toujours dans mes revers.

Comme moi, mon ami, bénis ta destinée;
Songe qu'à bien des cris notre âme est condamnée;
Qu'Atropos dans ses mains tient le fil de nos jours;
Que notre vie, hélas ! s'éclipse comme un rêve ;
Que l'arbre tombe et meurt quand il n'a plus de sève.
Et qu'un ruisseau glacé suspend son joyeux cours.

Ainsi nous partirons, ami, de cette terre;
Nous irons reposer dans l'enclos funéraire
Où depuis bien longtemps reposent nos aïeux...
Heureux si nous pouvons croire que la verdure
Et les fleurs orneront notre humble sépulture,
Car ce bonheur est doux en quittant ces bas lieux !...

Jusque-là, supportons nos maux avec courage;
Songeons qu'il est, hélas ! tant d'âmes en veuvage,
Des cœurs bien plus que nous malheureux et souffrants.
Si le mot de bonheur paraît trop éphémère,
Ne nous plaignons jamais ; mais, par une prière,
Remercions le ciel, et mourons bien contents.

Bordeaux, 1847.

PREMIER AMOUR

A M....

Après avoir longtemps souffert dans le silence ;
Après avoir gémi sur le sort de nos jours,
Je te vois luire enfin, flambeau de l'espérance,
Et tes brillants rayons vont me charmer toujours !

L'avenir, à mes yeux, ne paraîtra plus sombre,
Mes nuits se passeront dans la sérénité,
Et tous ces maux divers, dont je ne sais le nombre,
Feront place bientôt à la félicité !

D'où me vient ce bonheur? d'où me vient cette ivresse?
Réponds, mon pauvre cœur, c'est à toi de parler.
Quelle chose a donc pu dissiper ma tristesse?
Qui donc dans mon malheur a su me consoler ?

C'est que, dans ces chemins où la foule bruyante
S'écoule chaque jour comme un torrent grondeur,
Mes yeux ont vu passer une fille charmante
Dont le noble maintien révèle la candeur;

C'est qu'aujourd'hui, joyeux, je livre ma nacelle
Aux flots capricieux du fleuve des plaisirs,
En rêvant au bonheur, et chantant auprès d'elle
Mes plus tendres chansons et mes plus doux soupirs ;

C'est que son saint amour, en ranimant ma vie,
A chassé la douleur qui torturait mon sein ;
C'est que toujours mon âme est heureuse et ravie
Lorsque son doux regard s'arrête sur le mien.

Loin de moi, maintenant, les soucis, les alarmes,
Les rêves décevants et les transports jaloux.
Entretiens d'amitié, que vous avez de charmes !
Premiers serments d'amour, oh ! que vous êtes doux !

Que j'aime ses attraits ! que j'aime son sourire,
Les bandeaux ondoyants de ses brillants cheveux,
Sa joue en fleur, son front où la grâce respire,
Et sa bouche inhabile aux frivoles aveux.

Mon Dieu ! vous qui n'aimez que les charmantes choses,
Les élans généreux et remplis de douceurs,
Au devant de ses pas, faites fleurir des roses !
Qu'elle marche toujours sur un tapis de fleurs !

Dans ce monde trompeur, où souvent en partage
L'on n'a rien que regrets et que déceptions,
Contre les coups du sort, protégez son jeune âge !
Promettez-lui toujours des consolations !

Qu'elle reste toujours bonne et charmante fille ;
Qu'elle garde la foi dans son cœur vertueux,
Et qu'heureux de trouver une double famille,
Nous puissions à jamais vous bénir tous les deux

Avril 1852.

LE BASSIN D'ARCACHON

Qu'il est doux d'habiter cet agreste rivage,
Ce beau lac de la mer où le flot est si pur!
Où le joyeux poisson et le frais coquillage
Se laissent mollement porter de plage en plage
Par la vague d'azur!...

Qu'il est doux de voir fuir ces légères nacelles,
Ces barques de pêcheurs s'inclinant sous le vent!
Et, quand le ciel est calme et que les eaux sont belles,
D'y voir passer dessus l'ombre des blanches ailes
Du léger goëland!...

Qu'il est doux, chaque soir, quand commence la brune,
De parcourir ces bords toujours silencieux!
Voir le flot scintiller aux rayons de la lune,
Et contempler le phare, aussi beau sur sa dune
Qu'une planète aux cieux!...

Qu'il est doux, le matin, quand Phébus veut paraître,
De voir ses feux dorer les établissements!

L'habitant qui, joyeux, en rouvrant sa fenêtre,
Fredonne un gai refrain, revoyant apparaître
Les signes du beau temps!...

Qu'il est doux, quand la mer, refoulant sa marée,
Recouvre de ses eaux les verdoyants *crassats,*
De voir, dans le bassin, la troupe aventurée
Des baigneurs, s'agitant dans une onde troublée
Par leurs joyeux ébats!...

Ah! ne me dites plus qu'on peut trouver en France
Des bains plus recherchés, des baigneurs plus nombreux :
Arcachon du bonheur est bien la résidence;
Ses eaux et sa forêt sont pleines d'espérance
Et font beaucoup d'heureux!...

PRIÈRE D'UN ENFANT

A JÉSUS

Petit Jésus, toi que mon cœur adore,
Toi dont je suis les préceptes divins,
Toi que partout on chérit, on honore,
Qu'on nomme roi des anges et des saints,
Pour me guider dans cette vie amère,
Où tous mes pas risquent d'être perdus,
Daigne souvent exaucer ma prière,
Petit Jésus !

Petit Jésus, quand ma voix te demande
De m'accorder quelques dons précieux,
Pour que je puisse, un jour, te faire offrande
De tous les fruits qui résulteront d'eux,
Accorde-moi, dans mon adolescence,
De ces faveurs qui charment les élus,
J'en garderai toujours reconnaissance,
Petit Jésus !

Petit Jésus, laisse à mon tendre père
L'heureux espoir que ses enfants chéris
Suivront toujours l'innocente carrière

Qu'en leur jeune âge ils auront entrepris;
Puis à ma mère, âme si généreuse
Dont en tous lieux on vante les vertus,
Fais qu'elle vive étant toujours heureuse,
Petit Jésus!

LE RÉSINIER

Le résinier se plaît toujours
Dans la forêt verte et profonde;
Il se trouve heureux loin du monde,
Car rien ne trouble ses amours.

Qu'importe à l'homme au goût rustique
Les débats de la politique !
De l'orgueil ignorant les maux,
Il se complaît dans ses travaux ;
Il ne laisse point sa famille
Pour rechercher de ville en ville
Ces titres, ces rangs, ces honneurs
Qui n'occasionnent que douleurs...
Habitons loin de tout village,
Au faîte d'un coteau sauvage.

Le résinier se plaît toujours
Dans sa forêt verte et profonde ;
Il se trouve heureux loin du monde,
Car rien ne trouble ses amours !

Jamais la grêle ni l'orage
A ses beaux fruits ne font outrage,
Et la gelée, au doux printemps,
N'attriste pas non plus ses champs;
Les insectes et la vermine
Ne dévorent pas la résine,
Et près de son humble maison
Il fait toujours ample moisson !...
Heureux celui qui sur la terre
Vit sans connaître la misère...

Le résinier jouit toujours
Dans sa forêt verte et profonde;
Il se trouve heureux loin du monde,
Car rien ne trouble ses amours.

LA FLEUR DES RUINES

Petite fleur de rose et d'or
Qui penchais ton front à la brise,
Sur la muraille verte et grise,
Ah! vite, reparais encor.
Le doux printemps vient de renaître,
Et si je rouvre ma fenêtre,
C'est pour te voir, petite fleur
Qui parles si bien à mon cœur!
Petite fleur, petite fleur
Qui parles si bien à mon cœur!

Petite fleur, j'aime à te voir
Fleurir sur la vieille tourelle
Où vient la joyeuse hirondelle
Se reposer en paix le soir.
Le doux printemps vient de renaître,
Et si je rouvre ma fenêtre,
C'est pour te voir petite fleur
Qui parles si bien à mon cœur!
Petite fleur, petite fleur
Qui parles si bien à mon cœur!

Petite fleur, comme autrefois,
Viens enchanter mes rêveries.
Pour moi ne sont pas tant chéries
Les fleurs des prés, les fleurs des bois;
Seule tu fais mon bien suprême.
Oh! quand je te dis que je t'aime,
Vite, parais petite fleur
Qui parles si bien à mon cœur!
Petite fleur, petite fleur
Qui parles si bien à mon cœur!

ÉCOUTE-MOI

Eh ! quoi, tu veux aller vivre loin du village,
Tu veux donc, jeune encor, connaître le malheur ?
La volupté te charme, et la gaîté t'engage
A céder aux désirs de quelque amant trompeur ?
Ici ton calme est pur, ta vie est embellie,
Tu goûtes le repos, l'ivresse des beaux jours,
Et tu veux tout quitter ? Ah ! crois-moi, c'est folie.
Ce bonheur, mon enfant, ne dure pas toujours.

Tu crois qu'avec de l'or on peut jouir sans cesse,
Que les fêtes du monde ont des attraits constants,
Et que par ta beauté tu deviendras princesse
Et reine d'une cour de gais et beaux amants ?
Ces attraits, un moment, sur nous prennent empire ;
Mais, plus tard, on n'y voit rien que de vains atours,
Et, la tristesse au cœur, on n'y peut plus sourire.
Ce bonheur, mon enfant, ne dure pas toujours.

Ah ! reste parmi nous, reste avec ta famille,
Ou crains d'affreux réveils aux nuits de ton printemps.
Ne songe, en t'endormant, qu'aux jeux sous la charmille,

Aux danses du bosquet, à la paix de nos champs.
Si tu sais conserver ta naïve sagesse,
Tu vivras sans regrets au sein des vrais amours;
L'avenir t'offrira des charmes pleins d'ivresse,
Et ce bonheur alors pourra durer toujours.

A LA VIERGE DE MES RÊVES

Au poète il faut peu de chose
Pour faire palpiter son cœur :
Un souffle de brise, une rose,
Vont lui montrer un doux bonheur ;

L'oiseau qui chante sur la branche,
Un rayon de soleil levant,
Une fleur qui le soir se penche
En se tournant vers le couchant ;

Un bruissement de feuillage,
Le doux murmure d'un ruisseau,
La lune derrière un nuage,
Une brume sur le coteau ;

Du pêcheur la barque à la voile,
Le bruit des vagues de la mer,
Dans la nuit une blonde étoile
Qui file et disparaît dans l'air ;

Les pâtres au sein des prairies
Qui jouent de leurs chalumeaux,
Le son des clochettes chéries
Pendues au cou des chevreaux ;

Une rumeur dans la vallée
Quand la nuit tend son voile noir,
Une cloche à lente volée
Qui sonne l'Angelus du soir.

Mais ce qui lui plait davantage,
Oh ! je crois, c'est une beauté
Qui tourne vers lui son visage
Et lui sourit avec bonté !

L'HUITRE DE GRAVETTE

O vous, joyeux soutiens
De la gastronomie,
Qui passez votre vie
Au milieu des festins,
Mettez-vous en goguette
Pour chanter ma chanson
Sur l'huître de gravette
Du bassin d'Arcachon !

En vain les habitants
D'Ostende et de Cancale
Disent que rien n'égale
Les huîtres de leurs bancs !.
Je plains la pauvre tête
Qui croit à ce *dit-on*.
Rien ne vaut la gravette
Du bassin d'Arcachon !

Parcourez l'Océan,
Arrivez dans la Manche,
Au fond de la mer Blanche
Arrêtez votre élan ;

Cherchez l'huître qu'on fête,
Et dites tout de bon,
Si ça vaut la gravette
Du bassin d'Arcachon !

Rochelais si jaloux,
Vantez vos huîtres vertes ;
La Teste, Arès et Certes
Offrent bien mieux que vous !
Ah ! quand Eyrac s'apprête
A se faire un renom,
Et vive la gravette
Du bassin d'Arcachon !

AUX RUINES DU CHATEAU DE LANGOIRAN

Quand les champs et les bois, au souffle des automnes,
Voient pâlir leurs fleurs, leurs fruits et leurs couronnes,
Quand tout semble pleurer dans ces derniers beaux jours,
L'homme son chaud soleil, l'oiseau ses chers amours,
Moi, j'aime à voir là-bas, au flanc de la colline,
Les vieux murs délabrés de l'antique ruine,
Vieux château tout rempli d'un mâle souvenir,
Et qui semble braver tous les temps à venir.

Voyez, lorsque tout tombe et meurt dans la nature,
Si son front paraît beau, couronné de verdure.
Le lierre étend partout ses verdoyants rameaux,
Et pare avec amour ses tours et ses créneaux.
Là le merle joyeux et la grive éveillée
Vont becqueter les grains de sa noire feuillée ;
Et, parmi les buissons qui surmontent les tours,
Le charmant rouge-gorge y chante ses amours.
Tout revit en hiver dans la demeure sombre,
Comme pour ranimer l'habitant de ces lieux,
Et dire chaque jour aux voyageurs sans nombre
Qui sur le vieux manoir longtemps fixent leurs yeux,
Que le deuil quelquefois revêt une parure

Faite pour égayer la plus sombre nature,
Et que Dieu ne veut pas que le temps ravageur
Ne détruise en entier tout ce qui parle au cœur.

Tu vivras, ô château, pour parler de victoire
A tous ces grands seigneurs de manoirs féodaux,
Qui voudraient encore voir les peuples des hameaux
Travailler en vilains et sans rêves de gloire;
Tu vivras pour montrer tous leurs tristes forfaits,
Les fiers tyrans vaincus et leur honteux servage,
Les peuples affranchis du joug de l'esclavage,
Et l'amour répandant en tous lieux ses bienfaits!

FARINETTE

Voyez là-bas, sur la colline,
Tourner ce beau moulin à vent;
C'est le meunier Fleur-de-Farine
Qui le possède maintenant,
Et qui gagne beaucoup d'argent!...
Et puis il a sa Farinette,
Aimable et charmante fillette,
Dont les yeux beaux comme un beau jour,
Pétillent d'ivresse et d'amour.

Mais chacun dit dans le village
Qu'elle veut un époux bien sage.
Ce sera, je crois, grand bonheur
Pour qui possèdera son cœur!

Les plus beaux garçons du village,
Sylvandre, Tircis et Colin,
Chaque jour, après leur ouvrage,
Se rendant joyeux au moulin,
Et font tous trois au plus malin!...
Chacun vante la jeune fille;

On lui dit qu'elle est bien gentille,
Et par des mots doux et charmants
Ils font promesses et serments.

Mais Farinette en elle-même
Se dit : Ce n'est pas eux que j'aime !...
Ce sera, je crois, grand bonheur
Pour qui possèdera son cœur !

Le page de la châtelaine
Dont on voit au loin le château
Vient souvent la nommer sa reine,
Et veut lui faire le cadeau
D'un riche et magnifique anneau !
Et de la grand'ferme voisine,
Le fils, garçon de fière mine,
Croit dominer ses prétendus,
Parce qu'il a beaucoup d'écus !...

Mais rien de cela ne peut plaire
A la vertueuse meunière.
Ce sera, je crois, grand bonheur
Pour qui possèdera son cœur !

Il est, au bas de la colline
Où tourne le moulin à vent,
Une vieille et simple chaumine
Qu'habite un berger indigent,
Mais dont le cœur est bien aimant !

Il ne fait pas grandes promesses,
Il n'aura jamais de richesses ;
Il ne peut faire de cadeau,
N'ayant pas un seul pauvre agneau...

Mais Lubin est sage et honnête,
Et plaît en tout à Farinette.
Pour lui ce sera grand bonheur,
Car il possèdera son cœur !

Il ne fait pas grandes promesses,
Il n'aura jamais de richesses ;
Il ne peut faire de cadeau,
N'ayant pas un seul pauvre agneau...

Mais Lubin est sage et honnête,
Et plaît en tout à Fanchette.
Pour lui ce sera grand bonheur,
Car il possédera son cœur !

MÉLODIE

AU CHANSONNIER PIERRE DUPONT

Quand les grives éveillées
Chantonnent sur les grands pins,
Les matins,
Ou cherchent sous les feuillées
Des arbousiers les doux fruits,
Bien mûris;

Alors aussi qu'autour d'elles
Le cri bruyant d'un pivert
Frappe l'air;
Que les grises tourterelles
Poussent leur roucoulement
Doucement.

Il est doux d'entendre encore
Des pâtres landais les chants
Si touchants,
Et la clochette sonore
Qu'agitent tous leurs troupeaux,
Gais et beaux.

A ce concert doux et tendre,
Joignez-y des cris de chiens
Bien lointains,
Dont l'aboîment fait comprendre
Qu'un chasseur aventureux
Est heureux;

Et puis l'étrange harmonie
Que fait le vent dans les bois,
Et parfois,
De l'Océan en furie
Le cri rauque et menaçant
S'y mêlant;

Et la joyeuse musette
Qui se mêle au son du cor;
Puis encor
Du résinier la hachette,
Dont le bruit mystérieux
Rend peureux.

Oui, la plus belle musique
Des grands artistes vantés
Et fêtés,
Près de ce charme rustique,
Pour sûr y perdra toujours
Ses atours!

AU VALLON DE FLOIRAC

Ravin vert et profond où coule une eau limpide ;
Arbres où sont cachés des nids d'oiseaux joyeux ;
Fleurs dont toujours le front est de rosée humide,
Et dont les doux parfums embaument ces beaux lieux ;
Bois sis sur la colline, et dont l'épais feuillage
Préserve du soleil et des ardeurs du jour ;
Sentiers frayés à peine et couverts par l'ombrage,
Voilà ce que l'on voit, Floirac, dans ton séjour !...
Aussi, combien de fois, fuyant loin de la ville,
Un livre sous le bras, à la main un bâton,
Je suis allé tout seul rêver calme et tranquille.
Et gouter le repos dans ton charmant vallon !...
Ah ! puisses-tu toujours conserver ta parure !
Que la hache jamais ne détruise tes bois !
Que la faux laisse en paix ta robe de verdure !
Que ton écho n'entende aucune impure voix !...
Tu me verras toujours, ô retraite chérie !
Aller chaque printemps te dire un chant d'amour ;
Et quand sonnera l'heure où doit finir ma vie,
Je pleurerai pensant à ton riant séjour !...

LA CHASSE AUX LOUPS

« On sonne le départ de chasse :
Ohé ! Landais, réveillez-vous !
Prenez fusil, fourche et besace,
Pour faire la battue aux loups !
Ohé ! réveillez-vous ! »

Voyez-vous déjà, dans les landes,
Hommes armés, fringants chevaux,
Chiens formant d'innombrables bandes,
Epouvantant gibier, troupeaux?...
Du Sahara les caravanes
N'ont pas d'aspect plus imposant ;
Et les Hurons, dans leurs savanes,
Ne sont pas plus fiers en chassant !...

La troupe commence la chasse :
Ohé ! Landais, accourez tous.
Avec fusil, fourche et besace
Pour faire la battue aux loups !
Ohé ! accourez tous !...

Parmi l'ajonc et la fougère,
Passez gaîment, chasseurs guerriers
Dans les semis et la bruyère,
Enfoncez-vous, fiers cavaliers!
Sonnez clairons, battez cymbales!
Partez fusils et pistolets!
Et qu'aux longs sifflements des balles
Tout frémisse dans les forêts!...

Avec ardeur se fait la chasse :
Ohé! Landais, ranimez-vous!
Avec fusil, fourche et besace,
Bien vaillamment suivez les loups!
Ohé! ranimez-vous!...

Ah! quel est ce bruit dans la plaine?
On crie hourra de toutes parts;
Des chiens hurlent à perdre haleine,
D'autres poursuivent les fuyards...
La fusillade redoublée
Rend l'ennemi bien malheureux...
Les loups tombent, et la curée
Se fait parmi les cris joyeux.

On sonne le retour de chasse :
Ohé! Landais, retirez-vous!
Avec fusil, fourche et besace,
Vous avez bien détruit les loups!...
Ohé! honneur à vous!...

LA MARGUERITE ET LE TORRENT

— Que fais-tu sur la rive,
Penchant ton front charmant
A la brise plaintive,
Au soleil dévorant ?...
Viens, pauvre marguerite,
Abandonne ces lieux :
Je t'emporterai vite
Vers l'Océan joyeux !...

Non, dit la fleur jolie,
Vos propos me font mal ;
Fille de la prairie,
Je reste au bord natal.
J'aime mieux, quand je souffre,
Vivre avec de l'espoir
Que d'aller dans un gouffre
Où je mourrais ce soir...

SILVIO (1) ET ZANZE

A Mme D. DE B.

Lorsque dans ma prison tu viens, ô jeune fille !
M'apporter quelques mots de consolation ;
Quand tu viens me parler de ma chère famille
Et me fortifier dans ma religion,
Oh ! non, tu ne sais pas ce qu'éprouve mon âme
Aux accents de ta voix, aux soupirs de ton cœur ;
Et si tu ne vois pas mon regard qui s'enflamme,
Quand tu me dis : « Je t'aime ! » avec joie et douceur.

C'est que tout est peine et chimère
Pour qui vit loin de son foyer,
Et que la joie est éphémère
Pour le pauvre prisonnier,
Pour le pauvre prisonnier !...

Oh ! crois-moi bien, enfant, je trouve en toi des charmes
Lorsque tu me souris avec grâce et candeur ;
J'aime à voir de tes yeux couler ces douces larmes

(1) Silvio Pellico.

Que tu verses souvent pour guérir ma douleur;
Quand du me dis : « Pour toi j'ai fait une prière;
» Le Seigneur, j'en suis sûre, exaucera mes vœux. »
O Silvio! crois-moi, chasse ta peine amère;
Espère, et tu verras encor des jours heureux!

Mais ma voix n'aime qu'à redire :
Pauvre enfant, cesse de prier,
Car il n'est que peine et martyre
Pour le pauvre prisonnier,
Pour le pauvre prisonnier!...

(10)

Mais le poëte, un jour, pleura sa douce amie
Quand il ne la vit plus venir auprès de lui;
Il vit combien encore est affreuse la vie
Quand on la passe, hélas! sans avoir quelque appui.
Combien il regretta la vierge à l'âme aimante,
Tous ces instants passés à se parler d'amour!...
Souvent il répéta, dans sa fièvre brûlante :
Adieu plaisir, bonheur! adieu rêves d'un jour!...

Tu vas revenir, ô tristesse!
Reprendre mon cœur tout entier!...
Hélas! non, il n'est plus d'ivresse
Pour le pauvre prisonnier,
Pour le pauvre prisonnier!...

POUR ELLE

Mois d'avril, mois charmant, mois rempli d'allégresse ;
Mois qui réveille en nous le doux besoin d'aimer;
Mois qui souris au pauvre ainsi qu'à la richesse ;
Mois qui, dans tous les temps, as su plaire et charmer !
Printemps qui fais germer les œillets et les roses!
Saison où l'on se dit tant de charmantes choses !
Jours pleins de beaux reflets et de rayonnements,
Par vos mille beautés, enivrez mon amie!
Qu'elle sourie à tout, qu'elle passe sa vie
Dans la paix et l'espoir et les songes charmants!...

Avril.

MOMENTS D'IVRESSE

J'aime à voir les enfants
Jouer, sous ma fenêtre,
A ces jeux innocents
Que le bonheur fait naître.

J'aime à les voir courir
Ensemble sur la place,
Criant avec plaisir
Ou riant avec grâce.

Il est si doux, si beau
De voir cette jeunesse
Nous offrir le tableau
D'une parfaite ivresse!...

Combien, quand notre cœur
Ressent de la souffrance,
Retrouve le bonheur
Aux regards de l'enfance!...

Qui de ses anciens jours
Ne regrette les charmes,
Quand on vivait toujours
Sans peine et sans alarmes?..

Ce temps où tout paraît
Sans fard, sans artifice;
Où l'âme ne connaît
Le monde ni le vice?..

Age où l'on ne sait rien
Que sa douce prière;
Où l'on dit : J'aime bien
Et Jésus et ma mère !...

Ou bien, insoucieux
De l'orgueil, de l'envie,
On se trouve joyeux
Sans penser à sa vie?...

En vous voyant, enfants,
Mes chagrins me font trèves;
Dans vos plaisirs charmants
Je revois mes beaux rêves.

Restez, restez toujours
J'aime votre allégresse;
Votre voix, mes amours,
Dissipe ma tristesse.

De mes maux oublieux,
Comme autrefois je nage
Dans les plaisirs heureux,
Et me crois de votre âge !...

Sous mes yeux, en tout temps,
Venez jouer sans cesse ;
Je vous bénis, enfants,
Pour ces moments d'ivresse !..

Bordeaux, 1848.

L'AUTOMNE

L'Aquilon a grondé sur nos riants rivages :
Son souffle impétueux a chassé les oiseaux,
Et l'on voit revenir des lointains pâturages
Au bercail les troupeaux.

La fleur courbe son front vers la terre flétrie ;
L'insecte languissant va mourir aux vents froids
Qui font déjà tomber sur la pâle prairie
Le feuillage des bois.

Les beaux dons de Cérès, les présents de Pomone,
Aux champs ne brillent plus à nos yeux réjouis ;
Les arbres, les moissons ont perdu leur couronne
De verdure et de fruits !...

Pourtant, j'aime ce temps où la nature expire,
Ce soleil qui décline et pâlit chaque jour,
Entendre dans les bois le ramier qui soupire
Un dernier chant d'amour !...

En automne, toujours de mes yeux quelques larmes
Tombent quand je regarde et les bois et les champs;
Dans ces derniers beaux jours, je trouve autant de charmes
Qu'au retour du printemps.

J'aime à me promener dans quelque grande allée
Où la feuille jaunit et roule sous mes yeux;
A m'asseoir tout rêveur, là-bas, dans la vallée,
En regardant les cieux!...

Car, dans tous ces moments d'extase et de tristesse
Que l'on passe à rêver loin du monde toujours,
Bien souvent, oublieux, on pleure avec tendresse
Sur le sort de nos jours.

La peine que l'on a de voir fuir ses années,
Avec leurs songes d'or et leurs heures de miel,
S'allége quand on pense aux douces destinées
Qu'on doit avoir au ciel.

Le poëte surtout, par son âme brisée
Par un amer chagrin, par un profond ennui,
Aime à voir bien souvent s'égarer sa pensée
Vers un monde infini!

Son pauvre esprit se perd à suivre les nuages,
Les oiseaux voyageurs, les grands arbres mouvants,
Et les petits ruisseaux fuyant dans les bocages
En murmures touchants.

Tout lui plaît dans ces jours, tout l'anime et l'enchante;
Et malgré que son cœur soit brisé de regrets,
Chrétien et vertueux, il prend sa lyre et chante
L'amour et les bienfaits!

Il fait des vœux au ciel pour celui qui succombe,
Lui disant d'espérer et de croire au Seigneur,
Et jette quelques fleurs sur une froide tombe
Par un chant de douleur.

Ainsi, lorsque je crois que pour moi l'heure sonne,
Malade, ou bien rêveur, à Dieu je dis parfois :
« Oh ! faites-moi mourir dans les beaux jours d'automne,
Au milieu des grands bois!

Qu'en contemplant le ciel à travers le feuillage,
Pressant la main de ceux qui me sont doux et chers,
Je fasse mes adieux, et quitte ce rivage
En murmurant ces vers! »

LES ÉGLANTINES

A M.

Aimez-vous, comme moi, ces fleurs roses et blanches
Qu'on voit sur les bords du chemin,
Fleurir, penchant leurs fronts comme ceux des pervenches
Au souffle embaumé du matin?

Voyez-les étaler leurs pétales légères
Aux premières clartés du jour,
Et trembler doucement aux brises passagères
Qui les frôlent avec amour!

Qu'il est doux, dans les champs, de voir les jeunes filles
Courber leurs rameaux épineux,
Et d'un doigt tout tremblant cueillir ces fleurs gentilles
Pour en couronner leurs cheveux.

Les joyeux rossignols, quand les nuits sont paisibles,
Sautant de buissons en buissons,
Se reposent souvent sur leurs branches flexibles,
Pour chanter leurs douces chansons.

Quand la brise de mai caresse la ramée,
En parcourant les verts sentiers,
Si vous sentez dans l'air une odeur embaumée,
C'est le parfum des églantiers!

Tout le jour un essaim d'abeilles diligentes
De leur sein recueillent le fruit,
Et de frais papillons aux ailes transparentes
Vont s'y reposer chaque nuit.

Oh! quand, pour promener vos molles rêveries,
Vous irez toute seule aux champs,
Jetez un doux regard sur ces branches fleuries
Dont les parfums sont enivrants.

Et si de les cueillir vous êtes envieuse
En les respirant tour à tour,
Oh! comme moi, toujours, d'une voix amoureuse,
Murmurez-leur un chant d'amour!

!!!

Parfois, dans son exil à l'île Sainte-Hélène,
Le vainqueur d'Austerlitz, d'Ulm et de Marengo,
Avec ses chers amis, pour adoucir sa peine,
Leur parlait de la France et de son ciel si beau!...

Bien souvent dans ses yeux une larme soudaine
Roulait au souvenir du jour de Waterloo...
Et puis il regrettait ces doux bords de la Seine,
Où flotta si longtemps son glorieux drapeau!

Et sa noire douleur devenait plus amère
Quand il pensait qu'à Vienne, un aigle, sous sa serre,
Retenait prisonnier son pauvre et noble enfant.

Mais ce n'était pas là sa peine la plus vive :
C'était de se voir, LUI! captif sur cette rive,
Et d'entendre l'Anglais rire de son tourment...

LES REGRETS DU PAUVRE AMANT

Hélas! il est donc vrai, tu vas donc t'exiler?...
Ah! mon cœur ne pourra jamais se consoler
De ta longue et cruelle absence;
J'entends déjà partout tes parents, tes amis
Dire : Oh! pourquoi va-t-elle en ce lointain pays,
Pourquoi fuir notre belle France?

Moi, surtout, jeune fille, oh! moi qui t'aimais tant,
Ne te souriant plus, je pleure maintenant,
Le front courbé par la tristesse;
Et je me plains à Dieu de ce qu'il va m'ôter
Le seul bien qui pouvait toujours me contenter,
Car toi seule étais ma richesse!

Parce qu'un étranger, fils d'un noble seigneur,
Te demande pour femme, en t'offrant pour bonheur
Son nom, son rang et sa fortune,
Tu daignes l'accepter, joyeuse, préférant
La grandeur à nos soins si doux, et nous disant
Que la pauvreté t'importune.

Le luxe t'éblouit, l'orgueil sait te charmer!
Ah! je n'aurais point cru que tu puisses aimer
De vils trésors, des pompes vaines;
Non, je n'aurais pas cru que ton cœur me trompait...
Ni qu'on puisse laisser l'ami que l'on avait
Dans les tourments et dans les peines.

Tu trahis tes serments, tu brises s[illegible]rets
Les nœuds d'une amitié qu'[illegible]vions faits
Au milieu de ta[illegible]
Ah! ces projets s[illegible]?...
Plaisirs di[illegible]lus,

Vesper radieuse scintille!
Mots dits à demi-voix, parlant d'heureux liens,
Caresses, doux regards et naïfs entretiens,
L'hiver, près du foyer qui brille!

Adieu mes tendres vers, murmurés tant de fois,
Quand nous allions courir les prairies, les bois,
Et les champs fleuris de la plaine;
Jours remplis d'avenir et d'espoir, doux moments
Passés à faire, à deux, promesses et serments,
Assis à l'ombre du vieux chêne!

Adieu mes pauvres fleurs, adieu mes chants d'amour
Que je faisais pour elle, enivré chaque jour,
Adieu langue longtemps choisie!
Je vais donc te fermer, mon livre, à tout jamais,
Je n'écrirai plus rien, non plus rien désormais,
Adieu donc belle poésie!

Adieu! pars loin de moi... Malgré tous mes tourments,
Sois heureuse... Je sais, hélas! qu'en peu de temps,
Des douleurs que j'ai, l'on succombe...
Le mal que tu m'a fait ne pourra se guérir,
Et ce cruel amour qui me fait tant souffrir,
Je vais l'emporter dans la tombe...

. . . .
. . . .

LA CHANSON DE LA NOURRICE

A Mme V.-D.

La nuit vient, le jour s'enfuit,
Tout se tait dans le village;
Les petits oiseaux, sans bruit,
Cherchent dans l'épais feuillage
Un asile pour la nuit.

Dormez, petit enfant;
Soyez sage
A mon langage;
Dormez, petit enfant;
Reposez bien doucement.

Appuyez contre mon sein
Votre frêle et blonde tête;
Votre bon ange gardien,
En souriant, vous répète
De dormir sans craindre rien.

Dormez, petit enfant;
Soyez sage
A mon langage;
Dormez, petit enfant;
Reposez bien doucement.

Demain, je vous le promets,
J'irai, joyeuse, à la ville,
Vous acheter sans regrets.
Si vous êtes bien tranquille,
Des bonbons et des jouets.

Dormez, petit enfant,
Soyez sage
A mon langage;
Dormez, petit enfant;
Reposez bien doucement.

Et puis, le petit oiseau
Qui voltige dans sa cage,
Et que vous voyez si beau,
Ira chanter, je le gage,
Demain, sur votre berceau.

Dormez, petit enfant;
Soyez sage
A mon langage;
Dormez, petit enfant;
Reposez bien doucement.

Mon doux, cher et tendre amour,
Vous cédez à ma prière,
Car j'aperçois sans retour,
Se fermer votre paupière.
Restez ainsi jusqu'au jour!....

Dormez, petit enfant;
Soyez sage
A mon langage;
Dormez, petit enfant;
Reposez bien doucement.

LA GOUYATE DAOU BUCHEROUN

CANSOUN LAMDÈSE

Desdiade aou Pouète Théoudore BLANC

Tandis que moun pay fen lous casses
É lous grands pins de la fouret,
Jou, countemply sus ses escasses
Jouan, que guarde soun bet troupet!
Ah! dunpuey l'annade passade,
Que dinet abèque nous aou,
Ma praoube ame és toute embrassade
D'un fuc d'amou qué m'ey bien maou!..

Moun boun pay, moun co bat bien bisti!...
Approchent daou permey de l'an;
Baou aougé setze ans, et persisti
D'espousa Jouan, d'espousa Jouan.

Jouan és praoube, et moun héritatge
A mille escuts s'eslébera ;
Ét moun pay, d'aquet maridatge
Né baou pas entende parla;
S'obstine à me banta Piarille,
Lou gouyat daou gros résiney :
És riche, és bray, mé pas boun drille.
Ah! nou, ne me plera jamay!...

Moun boun pay, moun co bat bien bisti !...
Approchent daou permey de l'an ;
Baou aougé setze ans, et persisti
D'espousa Jouan, d'espousa Jouan..

Aymi tant la boëts langourouse
De moun aymable pastourou,
E de sa musette amourouse
Lous bets souns que sortent per jou !...
Ah ! de l'amou, poulide estelle,
Quan doun ludiras per nous dux ?...
Pay, cessats de fa lou rebelle,
Et couleran das jours hurux !...

Moun boun pay, moun co bat bien bisti !..
Approchent daou permey de l'an ;
Baou aougé setze ans, et persisti
D'espousa Jouan, d'espousa Jouan.

Mérignac 1852.

L'ÉPERVIER ET L'OISELEUR

Un épervier planait sur un bocage,
Cherchant à découvrir quelques pauvres oiseaux ;
Bientôt il entend un ramage :
D'un oiseleur c'étaient les gais appaux.
Il fond sur eux, la griffe ardente...
Mais l'oiseleur qui contemplait son vol,
Quand il le voit s'abattre sur le sol,
Le fait prisonnier sous sa *pante ;*
Puis il accourt vers lui, le sort des rets,
Et, malgré qu'il crie et fait rage,
Prend des ciseaux, lui coupe les onglets,
Rogne chaque aile et vous le loge en cage.

Méchants qui cherchez tour à tour,
Comme l'épervier ou l'autour,
A commettre quelque infamie,
Sachez bien que la tyrannie
Par Dieu sera punie un jour.

PLAINTE

Toujours, toujours, lorsque je pense
A ce temps où j'étais heureux,
Je sens dans mon cœur la souffrance,
Et des pleurs roulent dans mes yeux.

Combien, hélas! je vous regrette,
Beaux jours si vite écoulés!
Combien mon âme s'inquiète
De voir ses rêves envolés!...

Mon esquif, maintenant sans voile,
Est le jouet des éléments,
Et, dans le ciel, ma blanche étoile
Va s'éteindre dans peu de temps.

Aux souvenirs de mon enfance,
Mon pauvre cœur saigne souvent :
Rien n'est plus beau que l'innocence,
On n'est heureux qu'étant enfant !...

A l'aube de l'adolescence,
On peut bien avoir de beaux jours;
Mais aussi, souvent, la souffrance
Dans les cœurs commence son cours.

L'enfant qui rêve poésie.
De son âge fuit les plaisirs,
Pour suivre la route choisie
Où tendent ses brûlants désirs.

Il trouve du charme en l'étude,
Du plaisir au nom d'un auteur,
Et l'amour de la solitude
Est pour lui son plus doux bonheur.

Les larmes lui sont toujours chères,
Tout cœur aimant doit en verser;
Et les peines les plus amères
Donnent du courage à penser.

Mais aussi, lorsqu'un enfant rêve,
Oh ! que de plaisirs n'a-t-il pas !...
Quand son œil vers le ciel se lève,
Il voit Dieu, qui lui tend les bras.

La vie est pour lui calme et douce
Son esprit n'est point abattu,
Aucun penser ne le courrouce,
Il ne connaît que la vertu.

Aussi, chaque fois que je pense
A ce temps où j'étais heureux,
Je sens dans mon cœur la souffrance,
Et des pleurs coulent de mes yeux !...

1848.

LES PÊCHEURS D'ARCACHON

BARCAROLE

Les grands pins frémissent au vent,
Le doux flot se revêt d'écume,
Et le soleil paraît sans brume
Au milieu du bleu firmament.
Quand le beau temps règne à la ronde
Et veut couronner nos projets,
Ah! qu'il est doux d'aller sur l'onde
Jeter au loin ses blancs filets!...

Joyeux pêcheur, chante souvent :
O mer! ne me sois pas rebelle!
Berce doucement ma nacelle!
Elle est si belle,
Quand elle vogue dans le vent!...

Les voyez-vous au sein des mers,
Ces cent barques aux blanches voiles,
Confiantes dans leurs étoiles
Qui brillent encor dans les airs?...
Sous les caresses de la brise,

Elles s'inclinent doucement;
Et, sur la grande côte grise,
La vague arrive lentement.

Joyeux pêcheur, chante souvent :
O mer! ne me sois pas rebelle!
Berce doucement ma nacelle!
Elle est si belle,
Quand elle vogue dans le vent!...

Dans ce beau jour, heureux pêcheur,
Ah! bénis souvent la Madone!...
Comme, quand la tempête tonne,
Tu sais prier avec ferveur!...
Vis plein d'espoir, reprends courage,
Lève tes filets loin du bord;
Ce soir, content de ton ouvrage,
Tu rentreras gaîment au port.

Joyeux pêcheur, chante souvent :
O mer! ne me sois pas rebelle!
Berce doucement ma nacelle!
Elle est si belle,
Quand elle vogue dans le vent!...

SOUPIR DE JOSEPH DELORME

A M. SAINTE-BEUVE

. . . .

Je l'aimais autrefois comme on aime une sœur ;
Lui parler ou la voir, c'était là mon bonheur ;
Je ne vivais que de sa vie ;
Confiante en mes vœux, vouée à mon amour,
Sa voix, sa douce voix me disait chaque jour :
« Je suis pour toujours ton amie !... »
. . . .

Hélas ! mes froids pensers ont rompu ces liens,
Mes soucis ont brisé nos charmants entretiens ;
Ma cruelle et triste souffrance
A refroidi nos cœurs !... et tous deux maintenant,
Nous ne nous disons plus rien en nous revoyant,
Mais nous pleurons dans le silence...

Hélas ! oui, j'en suis sûr, qu'en silence, parfois,
Elle pleure en pensant à ses jours d'autrefois,
A l'accord de notre famille.

Croyant qu'elle n'a plus une part de mon cœur,
Elle ne doit plus voir l'amour ni le bonheur
Dans ses rêves de jeune fille.

Pourtant, je l'aime encor; oui, je l'aime, ô mon Dieu!...
Son nom, son souvenir, me suivent en tout lieu;
Mon cœur palpite quand j'y pense,
Et je me dis souvent : oui, je retournerai
Auprès d'elle, humble et doux, et je lui parlerai
De mon amour, de ma souffrance.

Alors, peut-être, alors nous nous pardonnerons
L'un à l'autre nos torts, et tous deux nous dirons :
Ah! que tout le passé s'oublie!...
Mais le temps passe et fuit, et voilà bien des mois
Que je redis ces vers en pleurant chaque fois.
Et n'ose aller voir mon amie...

. . . .

. . . .

LA FOIRE DE LABOUHEYRE

Non loin de Lipostey, et près d'un frais ruisseau
Qui roule vers Puntens ses ondes sablonneuses,
Quand septembre ou quand mai, mois des saisons heureuses,
Étalent leurs trésors sous un ciel calme et beau,
Vous voyez arriver au camp de Labouheyre
Le Basque, le Landais et le Gascon joyeux ;
Et le sombre Espagnol passe aussi la frontière
Pour venir s'installer en forain hasardeux...
Il est beau, croyez-moi, d'admirer cette foule
A la chaussure agreste, aux vêtements divers,
Qui, comme un grand torrent, gronde, fuit et s'écoule
Dans les chemins frayés et sous les grands pins verts ;
Et ces beaux bestiaux entassés pêle et mêle,
Braillant, bêlant, beuglant, hennissant tour à tour ;
Et tous ces gais marchands, posés en sentinelle
Devant ces beaux produits, animant ce séjour !...
L'antique restaurant et l'auberge ambulante
Laissent voir un service où tout est à l'étroit.
Mais tandis qu'au salon le bourgeois se lamente,
Au cabaret, joyeux, le peuple mange et boit ;
Le vin comme l'argent, à longs flots, sur la table,
Coulent rapidement. — Les affaires se font !...
L'un parle au sérieux ; l'autre, d'un air aimable,

Propose d'acheter... en souriant au fond;
Et tandis que chacun parle, s'anime ou crie,
L'orchestre villageois fredonne un gai refrain.
Jeunes filles, venez, le bonheur vous convie :
C'est la fête du lieu, dansez jusqu'à demain;
Et vous, braves Landais, vantez bien Labouhèyre :
C'est un beau rendez-vous, aimez-en les attraits;
Et puissiez-vous toujours y trouver bonne affaire,
Et retourner contents au sein de vos forêts !...

Arcachon.

LESTIAC

A MON AMI MICHEL D.

Souvent le voyageur, au milieu des montagnes,
Afin de pouvoir mieux contempler les campagnes
Qui se déroulent à ses yeux,
S'arrête tout pensif sur quelque roc sauvage,
Et là, charmé, ravi par un frais paysage,
Se berce en des rêves heureux...

Il aime ce silence et cette paix profonde,
Ce calme solennel, ce grand oubli du monde,
Ce plaisir enivrant et pur ;
Il demeure en extase en regardant les plaines,
Les coteaux, les vallons, les bois, les beaux domaines,
Et les fleuves aux flots d'azur.

Ainsi tu m'apparus, doux et charmant village,
Quand, la première fois, gravissant par étage
Tes collines et tes coteaux,
Je contemplais d'en haut tes campagnes fertiles,
Tes longs prés déroulés au milieu de tes îles,
Et tes saules au bord des eaux.

Oh! que j'aimais à voir au loin, sur l'autre rive,
Cet horizon bleuâtre, et la lumière vive
Qui brillait parmi ces beaux champs!...
Que j'aimais ce long fleuve aux ondes transparentes,
Dont les mille détours dans des plaines riantes
Nous font croire aux enchantements!...

Qu'elle est belle, à mes yeux, ton église gothique,
S'élevant au milieu de cet enclos rustique
Où dorment tes bons villageois!...
Qu'il est doux d'écouter, du haut de la colline,
Tous les sons cadencés de sa cloche argentine,
Charmant l'écho de ces endroits!...

Vous le savez, ami, si j'aime vos contrées,
Vos bois silencieux, vos rives fortunées,
Et leurs paisibles habitants;
Vous le savez, souvent, assis à votre table,
Auprès d'une famille à l'aspect agréable,
Combien j'ai vu d'heureux instants...

Eh! qui ne pourrait donc avoir l'âme contente
A l'aspect bienveillant de la troupe charmante
Que l'on rencontre dans ces lieux?...
Ici, c'est une main vers la vôtre tendue;
Plus loin, quelque passant égayant votre vue
Par son abord respectueux.

C'est le bon vigneron, le laboureur tranquille,
Joyeux d'avoir chez lui quelque amis de la ville

Pour le charmer dans son repas;
C'est, dans tout le village, une aimable jeunesse
Vous offrant son service en transport d'allégresse
Pour accompagner tous vos pas.

Oh! qu'il me sera doux de retourner encore
Revoir à Lestiac ces amis que j'honore,
M'asseoir auprès de leur foyer,
Faire ensemble, le soir, de longues causeries,
Et parcourir, le jour, ces campagnes chéries
Qu'on ne peut jamais oublier!...

Mais que dis-je, ô bonheur! le printemps va renaitre :
Je vois, dans mon jardin, la feuille reparaître;
Mes fleurs montrent leur front vermeil,
Et sur mes peupliers, où la sève bourgeonne,
Le Tarin, en chantant, becquète la couronne
Qui s'épanouit au soleil.

Allez, mes vers, allez en ces lieux que je fête
Apporter les saluts et les vœux du poète
Aux amis de ce frais séjour;
Dites-leur que mon cœur dès longtemps se chagrine ;
Mais pour le riant mois où fleurit l'aubépine,
Annoncez mon joyeux retour.

Bordeaux, 1848.

LE DERNIER CHANT D'ÉLISA MERCŒUR

Quand vous tombez, pâles feuilles d'automne,
Dans la prairie où je porte mes pas,
A votre aspect, la force m'abandonne,
Je ne vois plus, hélas! que le trépas;
Le mal cruel qui flétrit ma poitrine
Me fait crier encor plus que jamais,
Et chaque fois que ma tête s'incline,
Je dis ces mots qui peignent mes regrets

Sur cette terre,
C'est trop souffrir!...
Adieu, ma mère;
Je vais mourir!...

D'illusions ayant l'âme bercée,
J'avais rêvé l'amour et le bonheur,
Et, bien joyeuse au nom de fiancée,
J'avais souvent senti battre mon cœur;
Mais le destin détruit mon espérance:
Comme une feuille abandonnée au vent,
Je traîne, hélas! ma pénible existence,
Et, triste encor, je m'écrie en pleurant:

Sur cette terre,
C'est trop souffrir !...
Adieu, ma mère;
Je vais mourir!...

Lorsque les champs reprendront leur parure,
Que dans les bois la feuille renaîtra,
Quand la lumière aux cieux deviendra pure,
Moi, pauvre enfant, je ne serai plus là !...
Oh ! ce penser me torture et m'accable !...
La froide mort apparaît à mes yeux...
Mon Dieu ! mon Dieu ! soyez-moi secourable !...
Hélas ! mais non.... j'abandonne ces lieux !...

Sur cette terre,
C'est trop souffrir !...
Adieu, ma mère;
Je vais mourir !...

A ROSALIA

Seule, un soir, à seize ans, au milieu d'une rue,
Ayant froid, ayant faim, vous vous êtes vendue
Pour un peu d'or. Hélas ! il aurait mieux valu
Combattre la misère et chérir la vertu ;
Mais après bien des maux endurés dès l'enfance,
Vous voulûtes sortir d'une affreuse souffrance ;
Vous étiez jeune et belle, et trouviez des amants
Qui portaient à vos pieds des trésors séduisants !
Alors, dans vos projets si beaux de jeune fille,
Vous oubliâtes tout : amour, vertu, famille ;
Votre fidèle amant, doux jeune homme à l'œil noir,
Qui, timide et craintif près de vous, chaque soir
S'approchait doucement sans presque rien vous dire,
Mais qui se trouvait fier, chaque fois qu'un sourire
Arrivait jusqu'à lui comme du fond du cœur.
Pauvre ami qui pleura tous ses jours de bonheur
Quand il apprit, hélas ! que sa charmante amie,
Bien loin de son foyer, seule, s'était enfuie.
Emportant tous ses biens et ses serments d'amour,
Pour avoir auprès d'elle une brillante cour.
Oh ! pendant ces longs jours de vie aventureuse
Vous avez savouré la volupté, joyeuse ;
Ce n'était que festins, que danses, que concerts,

Beaux rêves d'avenir, de bonheur recouverts!
Fraîches illusions, causeries charmantes,
Promesses des amants, vives et souriantes!
Mais le printemps des ans ne dure pas toujours;
Et quand l'automne arrive, il emporte en son cours
Le parfum de la fleur, la fraîcheur de la feuille,
Et fait souvent tomber le fruit sans qu'on le veuille...
Ainsi, lorsque l'amour de tous vos courtisans
Commençait à trouver vos attraits peu touchants,
Vous sentîtes au cœur une large blessure;
Mais le courage vint pour braver son injure.
Vous aviez un enfant, ange bien jeune encor,
Mais qui, pour vous, était votre plus cher trésor;
Oubliant bien alors vos passions si folles,
Votre cœur lui disait d'enivrantes paroles;
Et quand votre beauté commençait à déchoir,
Vous reviviez aussi dans un plus bel espoir :
C'était de voir un jour votre fille charmante
Vous entourer de soins, comme une douce amante
Entoure son amant dans ses jours de douleur;
C'était là votre espoir, c'est là votre bonheur.
Délaissant maintenant les fêtes et le monde,
Vous voyez s'écouler, dans une paix profonde,
Votre vie humble et douce auprès de votre enfant,
Que vous aimez à voir d'un regard triomphant.
Oh! parlez-lui toujours de vertu, de sagesse;
Que la religion la contente sans cesse ;
Mettez-la dans la voie où l'on trouve en tout temps
Des consolations quand nous sommes souffrants.

Quand vous avez pleuré vos rêves d'innocence,
En demandant à Dieu pardon de votre offense,

Il vous a pardonné pour toujours vos erreurs,
Et sa divine voix a fait sécher vos pleurs;
C'est qu'il voyait aussi votre noble courage
Pour mettre votre enfant à l'abri de l'orage.
Surmontant aujourd'hui tout écueil sans effort,
Dans le calme et la paix vous arrivez au port.
Qu'importe que la mer s'élève, monte et gronde,
Votre esquif, sans danger, se berce au sein de l'onde,
Dieu veille sur vos jours en père juste et bon,
Puisque avec votre enfant vous proclamez son nom.
Oh ! bénissez toujours sa bonté paternelle;
Si la foi maintenant vous couvre de son aile,
Le remords dans le cœur, si vos jours insensés
Sont aux yeux du Seigneur, à jamais effacés,
Eh bien ! contentez-vous du trésor qui vous reste,
Levez votre regard vers la voûte céleste,
Et pressant dans vos bras votre enfant, vos amours,
Remerciez-le bien pour tous vos calmes jours.

PAUVRE MHYRRA

A M. A. HOUSSAYE

A Biscarosse, on m'a conté
Que Mhyrra, jeune résinière,
Quittant un matin sa chaumière,
Avait eu le cœur enchanté...
En se rendant à son ouvrage,
Sur son chemin elle trouva
Un beau chasseur du voisinage...
Pauvre Mhyrra, pauvre Mhyrra!
Il avait brillant équipage...
Pauvre Mhyrra,
Pauvre Mhyrra!

Ce brillant et jeune chasseur
Qu'accompagnait nombreuse escorte,
Du beau château de la Tour-Forte
Était, dit-on, maître et seigneur.
Mhyrra, voyant sa riche armure,
Pendant un moment se troubla ;
Mais le beau seigneur la rassure...
Pauvre Mhyrra, pauvre Mhyrra!
Pour toi c'est mauvaise aventure...
Pauvre Mhyrra,
Pauvre Mhyrra!

« Quoi! si jolie et faite au tour,
» Et vivre dans ce lieu sauvage ;
» Enfant, écoute mon langage,
» Oh! viens vivre heureuse en ma cour.
» Dans mon château tu seras reine,
» Tout le monde t'honorera,
» Tu régneras en souveraine ! »
Pauvre Mhyrra, pauvre Mhyrra!
Déjà ton père est dans la peine...
Pauvre Mhyrra,
Pauvre Mhyrra!

Mhyrra, séduite avec de l'or
Et par un discours plein d'adresse,
Cède à la voix enchanteresse ;
On l'emporta comme un trésor!...
Quelque temps elle vécut fière;
Dans le château rien ne manqua;
Mais le bonheur est éphémère...
Pauvre Mhyrra, pauvre Mhyrra!
La liqueur n'est pas toujours chère...
Pauvre Mhyrra,
Pauvre Mhyrra!

Abandonnée après deux mois,
Elle revint vers sa chaumière ;
Mais mort était son pauvre père,
Mort! en la cherchant dans les bois...
Adieu plaisirs, bonheur suprême.
Hélas! en apprenant cela,
Combien sa douleur fut extrême!...

Pauvre Mhyrra, pauvre Mhyrra !
Elle mourut à l'instant même...
Pauvre Mhyrra,
Pauvre Mhyrra !

AMOUR MATERNEL

Mon petit enfant, ô mon bien suprême!
Je veux te bercer, viens sur mes genoux;
Viens, je veux encor te dire : Je t'aime,
En baisant ton front si pur et si doux!

Viens au tendre appel de ta bonne mère
Qui vers toi, mon ange, a ses bras tendus,
Viens me répéter la douce prière
Que tu fais, le soir, au petit Jésus!

— Je te vois venir, la bouche rieuse;
Je t'ai dans mes bras : merci, mon amour! —
Toujours, avec toi, je me trouve heureuse,
Car c'est pour toi seul que je tiens au jour!

C'est toi seul qui m'es cher sur cette terre;
Car tu le sais bien, ô mon pauvre agneau!
Que voilà bientôt deux ans que ton père
Repose, là-bas, au fond du tombeau!

Un enfant, vois-tu, c'est pour une veuve,
Dans ses jours de deuil, son plus cher trésor ;
Quand d'afflictions son âme s'abreuve,
Son regard peut seul la charmer encor !

Aussi, mon enfant, aime bien ta mère,
Murmure souvent son nom nuit et jour ;
Tu seras toujours exempt de misère
Si tu sais, pour elle, avoir de l'amour.

A LA VIOLETTE DES BOIS

Violette
Qui, seulette,
Fleuris au pied des coteaux,
Fraîche et douce,
Dans la mousse,
A l'ombre des arbrisseaux.

Fleur jolie
Et chérie
De tous les cœurs vertueux,
Qu'on respire
En délire
Tes parfums si doucereux.

Sous ta feuille,
Que n'effeuille
L'Aquilon ni les autans,
Joie extrême,
Combien j'aime
A te cueillir au printemps!

Ta corolle,
Doux symbole
De chaste simplicité,
D'innocence
A l'enfance
Offre toute la beauté.

Quand le monde
Partout fronde
Les simples mœurs et les lois,
Violette
En cachette,
Fleuris toujours dans les bois

Un joyeux enfant
Prend un cerf-volant
Plus haut que sa tête;
Il le lance au vent,
Et, pour lui, c'est fête
De le voir sitôt
S'élever bien haut!
Mais la corde casse
Au bout d'un moment,
Et le pauvre enfant
Fait une grimace
Et reste pleurant...

D'un charmant spectacle
Quand on croit jouir,
Souvent un obstacle
Détruit le plaisir !

SUR LA TOMBE DE Mlle E. H.

Sous la fureur d'une tempête
Qui se montre affreuse toujours.
Pauvre fleur, tu courbas la tête
Au milieu de tes plus beaux jours;
En vain tu luttas, épuisée...
En attendant quelque rosée
Pour relever ton front si beau!
Mais rien n'apaisa ta détresse...
Et, toute fraîche de jeunesse,
Tu descendis dans le tombeau!...

SOUVENIR

Lisbonne, Oporto, Cintra, riches campagnes,
Souvenir de bonheur
Aussi doux, aussi pur que ces chants des montagnes
Qui font battre le cœur!

Que voulez-vous de moi, plaisirs de ma jeunesse,
Rêves de mes beaux jours?
Que me rappelez-vous au sein d'une tristesse
Qui m'afflige toujours?

Charmante Liberté, déesse à la voix tendre,
Au regard souriant,
Loin du pays natal, toi qui me fis comprendre
Un bonheur enivrant!

Hélas! le temps a fui... mes fêtes sont passées,
Mes trésors sont perdus,
Et je vis maintenant seul avec des pensées
Qui ne m'égayent plus.

Pourtant dans mes longs jours de deuil et de souffrance,
J'aime à me rappeler
Tous ces biens regrettés, et dont la souvenance
Semble me consoler.

O grands bois d'orangers, que j'aimais vos ombrages,
Le parfum de vos fleurs,
A savourer vos fruits mûris dans les feuillages,
Aux vermeilles couleurs!

Que j'aimais les attraits de la jeune Espagnole
Qui me souriait tant
Lorsqu'elle me voyait, dans ma passion folle,
A ses genoux tremblant.

Que j'aimais, les beaux soirs, assis dans ma nacelle,
Sur le Tage aux flots bleus,
A me sentir bercé, fuyant vers la mer belle
Comme l'azur des cieux!

Que j'aimais, le matin, à courir sur les plages
Pleines d'antiques forts,
Pour chercher les galets et les frais coquillages
Qui décorent ses bords!

Oh! que de fois j'ai cru, transporté dans des rêves
Pleins de brillants attraits,
Revoir ce vieux manoir, sis sur le bord des grèves,
Qu'autrefois j'habitais!

Et tous ces beaux vaisseaux de commerce et de guerre
Qui rentraient dans ces lieux.
Poussés par l'ouragan ou la brise légère;
S'arrêtant sous mes yeux!

Hélas! maux et regrets ont remplacé ces charmes
Dont j'aimais à jouir,
Et loin de ces beaux lieux je ne trouve que larmes
Quand vient le souvenir!!

LES ADIEUX D'UNE MÈRE

Tu veux partir, me dis-tu, car la guerre
Est déclarée à notre cher pays ;
Pourtant, mon fils, songe bien que ton père
A succombé dans les camps ennemis!...
Mais puisqu'il faut secourir la patrie,
Quand lâchement l'outragent des tyrans,
Et quand sa voix noble et fière s'écrie :
Pour me venger, accourez, mes enfants !...

Va! pars, mon fils, puisque l'honneur t'appelle,
Je prîrai Dieu de veiller sur tes jours;
Mais que ton cœur reste toujours fidèle
A ton village, à tes amours!

Quels sont ces cris?... Déjà, dans le village,
Tous tes amis murmurent qu'ils sont prêts.
O mon enfant! ranime mon courage,
Et que ta voix calme un peu mes regrets...
Mais non, tes yeux ont des larmes furtives;
Malgré ma peine, oh! vole au rendez-vous;
Tes compagnons abandonnent nos rives,
Sans plus tarder, mon fils, embrassons-nous!

Va! pars mon fils, puisque l'honneur t'appelle,
Je prîrai Dieu de veiller sur tes jours;
Mais que ton cœur reste toujours fidèle
A ton village, à tes amours!

Et lorsque au camp le signal des alarmes
Retentira sonore et belliqueux;
Quand mille voix crîront partout aux armes,
Et que l'écho viendra jusqu'en ces lieux,
Oh! songe bien qu'ici ta pauvre mère
Sera souvent sans force et sans espoir...
Et qu'en vengeant ton pays et ton père,
Tu dois aussi penser à la revoir!...

Va! pars mon fils, puisque l'honneur t'appelle,
Je prîrai Dieu de veiller sur tes jours;
Mais que ton cœur reste toujours fidèle
A ton village, à tes amours!

DENIS-AUGUSTE AFFRE

O toi, bon citoyen, chrétien digne et fidèle,
Toi qui voulus braver un péril éminent,
Pour apaiser les feux d'une guerre cruelle
Et montrer aux Français leur triste égarement!

Toi dont le dévoûment humain et magnanime
Fut, ô pieux martyr, si mal récompensé,
Mais qui pus t'écrier, dans un élan sublime :
« O Seigneur! que mon sang soit le dernier versé! »

Ah! quand nous déplorons ta voix sainte et chérie
Qui voulait empêcher tant de débats affreux,
Puisses-tu de là-haut veiller sur la patrie,
Et bénir les enfants qui t'adressent leurs vœux!

MÉRIGNAC

A MON AMI F.-D.

Ami, quand reviendra la saison des beaux jours,
Quand les fleurs, les oiseaux, les chansons, les amours,
La brise parfumée et la douce verdure,
Reviendront égayer et charmer la nature;
Quand tous les habitants des cités et des champs
Souriront aux trésors qu'offrira le printemps,
Si tu veux, un matin, nous quitterons la ville,
Bras dessus bras dessous, l'esprit calme et tranquille,
Pour aller voir, tous deux, le rustique séjour,
La simple maisonnette où j'ai reçu le jour.

Tu dois te souvenir de cet enclos champêtre
Bien sombre, bien petit, bien pauvre, mais peut-être
Bien riant à ta vue et bien cher à ton cœur,
Car il peut, comme à moi, te parler du bonheur
Que nous avons goûté dans ces jours de jeunesse,
Où tout était, pour nous, amour, transport, ivresse.
Hélas! ils sont passés avec leurs doux plaisirs,
Avec nos rêves d'or et nos charmants loisirs.
Sur le fleuve des ans notre barque légère,
Au lieu du zéphir doux qui la poussait naguère,

Ne trouve maintenant, en parcourant son cours,
Qu'un vent impétueux qui l'assiége toujours...
Ces beaux flots qu'on voyait autrefois si limpides,
Se montrent à présent bouillonnants et rapides...
Et bientôt nous serons, dans le sombre Océan,
Abandonnés au gré d'un terrible ouragan...

Mais laissons aujourd'hui ces pensers de tristesse,
Et retournons parler du village natal,
Du toit où j'ai connu ma plus douce allégresse,
Où j'ai vu du bonheur le reflet virginal!
Oh! c'était à mes yeux ma plus belle fortune
Que ce bien fugitif tant de fois regretté,
Où j'ai vu s'écouler des jours sans infortune,
Où jamais l'avenir ne me vit attristé.
Que de paix, que d'amour, que d'ombre et de silence
Parmi ces pampres verts et ce verger fleuri;
Dans cette antique chambre où ma débile enfance,
Contre les coups du sort, trouvait un doux abri,
Comme l'air était pur dans cette humble retraite!
Comme j'aimais à voir ce vaste et vieux segrais,
Depuis la verte haie où ma vue indiscrète
Suivait les promeneurs cherchant l'ombre et le frais!
Oh! que j'aimais aussi, que j'aimais, dès l'aurore,
Les chansons et les cris de tant de gais oiseaux;
Et, le soir, écouter la clochette sonore
Qu'en rentrant au bercail agitaient les troupeaux!
Que j'aimais ces ébats, ces plaisirs sans mélanges,
Qui charmaient, comme moi, tous mes petits amis;
Que j'aimais la gaîté de ces jours de vendanges
Où tous les familiers se trouvaient réunis;
Que j'aimais... Mais, hélas! ma plume ici s'arrête

Pour retracer plus loin des souvenirs si doux ;
Je ne puis plus parler des biens que je regrette
Sans penser à ce sort qui nous afflige tous.
Pour terminer ce chant, je sens que ma main tremble...
Car j'ai trop à la fois d'amour et de douleur;
J'aime mieux qu'au printemps nous retournions ensemble
Parler encor, là-bas, de nos jours de bonheur!

A BÉRANGER

Heureux, heureux qui peut, aux jours de sa vieillesse,
Jeter sur son passé des regards satisfaits !
Heureux qui peut parler de gloire et de noblesse !
Heureux qui n'a jamais chéri que les bienfaits !
Heureux qui de la vie a connu les vrais charmes,
Qui n'a jamais quitté le chemin de l'honneur !
Heureux qui peut encor s'éveiller sans alarmes,
Et qui peut s'endormir avec la paix du cœur !
Heureux, heureux celui que partout on admire,
Et qu'un jour, en pleurant à son dernier adieu,
Bien des milliers de voix s'accorderont à dire :
Qu'il a bien mérité de la France et de Dieu !...

1854

CHANSON DE PRINTEMPS

Le Printemps, qui vient de naître,
Fait éclore bien des fleurs,
Et m'apporte à ma fenêtre
Ses plus suaves senteurs.
Au loin j'aperçois la plaine
Reverdir sous son haleine
Et montrer son beau séjour.
Allons donc, ma bien aimée,
Nous asseoir sous la ramée,
Pour parler de notre amour!...

Oh! combien la brise est douce!...
Courons vite dans les champs
Chercher un frais lit de mousse
Sous les chênes verdoyants!...
En contemplant la nature,
Le ciel, les eaux, la verdure,
Nous serons ravis tous deux.
Allons courir les prairies,
Et faire nos rêveries
Dans les beaux vallons ombreux!...

Dans ce temps rempli d'ivresse,
Que d'amours, que de doux sons!..
Oh! viens donc chanter sans cesse
La plus belle des saisons!...
Vois, là-bas, dans ces campagnes
Et sur les hautes montagnes,
Paître ces nombreux troupeaux!...
Regarde, ô mon adorée!
Luire la brume azurée
A l'horizon des coteaux!...

Allons voir monter la sève
Au front des arbres fruitiers,
Et la plante qui s'élève
Vivace dans les sentiers!...
Allons cueillir l'aubépine
Qui fleurit, sur la colline,
Au milieu des buissons verts,
Et dont la brise enivrante
Laisse l'odeur odorante
En passant parmi les airs!...

Vers une lointaine rive
Se sont enfuis les frimats,
Et Philomèle plaintive
Revient dans nos doux climats.
Écoutons, sous la feuillée,
La troupe, vive, éveillée,
Des oiseaux gais et jolis,
Qui disent, dans leur langage :
« Heureux qui rentre en ménage,
Et qui rêve à ses doux fruits!... »

On entend chanter sans cesse
Laboureurs et vignerons,
Qui voient avec ivresse
Leurs vergers et leurs sillons.
Le blé vivement s'élance,
Et le pampre, sans souffrance,
Commence à montrer son fruit!...
Tout nous promet une année
Belle, heureuse et fortunée,
Que Dieu surveille et bénit!...

Vois les eaux de la rivière,
Au cours bien silencieux,
Réfléchissant la lumière
Et l'azur qui brille au cieux!...
Tout ravit, tout nous enchante,
Tout rend notre âme contente,
Tout nous convie au bonheur!...
Allons donc, ma bien-aimée,
Nous asseoir sous la ramée,
Pour rendre grâce au seigneur!...

LE CHEVAL LANDAIS

Le voyez-vous, fringant et leste,
Parcourir la grande forêt!...
Avec lui, de Dax à La Teste,
En un jour je fais le trajet.
Le sang arabe est dans ses veines,
Son trot est ferme et chaleureux,
Car il franchit dunes et plaines,
Sans perdre son air courageux.

Trotte, trotte, mon gai cheval,
Toi qui parais infatigable!...
Oui, tes pieds font voler le sable
En franchissant mont, plaine et val.
Trotte toujours, mon bon cheval!...

Amateurs des races parfaites,
Maquignons et palefreniers,
Qui donnez des noms à vos bêtes
A faire pâlir des guerriers,
Ah! je n'ai point votre science

Pour l'art auquel vous souriez,
Mais pourtant, sachez bien qu'en France
Rien ne vaut le cheval landais.

Trotte, trotte, mon gai cheval,
Toi qui parais infatigable!...
Oui, tes pieds font voler le sable
En franchissant mont, plaine et val.
Trotte toujours, mon bon cheval!...

Les alezans de Normandie,
Les poneys et les andaloux,
Et les coursiers de l'Arabie,
Montrent-ils un poil aussi doux ?...
Ont-ils la crinière plus noire
Que toi, mon petit valeureux?...
Oui, malgré qu'on te vende en foire,
Au travail tu vaux bien mieux qu'eux.

Trotte, trotte, mon gai cheval,
Toi qui parais infatigable!...
Oui, tes pieds font voler le sable
En franchissant mont, plaine et val.
Trotte toujours, mon bon cheval!...

MON CŒUR AURAIT BESOIN D'AIMER

Vous qui vivez sur cette terre
Exempts de peine et de douleur ;
Ou qui, malgré votre misère,
Trouvez encore le bonheur,
Pour jouir de cette allégresse
Qui constamment sait nous charmer,
Ah ! je le dis avec tristesse,
Mon cœur aurait besoin d'aimer !...

Quand, parmi les fêtes du monde
Ou dans quelques rustiques lieux,
J'aperçois la brune ou la blonde
Faire briller leurs jolis yeux,
Je sens s'allumer dans mon âme
Un feu qui veut la consumer.
Ah ! pour en adoucir la flamme,
Mon cœur aurait besoin d'aimer !...

Heureux qui possède une amie !...
Heureux qui, la nuit et le jour,
Peut entendre une voix chérie

Murmurer des chansons d'amour!...
Heureux qui, sous une caresse,
Sent ses transports se ranimer!...
Ah! pour connaître cette ivresse,
Mon cœur aurait besoin d'aimer!...

CHANSON D'HIVER

Habitants des grands marécages,
Pêcheurs-chasseurs de tous cantons,
Qui souriez quand sur vos plages
Tombe la neige à gros flocons,
Les eaux dorment, la nue est grise,
Le gibier fuit de maints endroits,
Et le souffle fin de la brise
Fait présager des jours bien froids.

Oui, le temps se tourne à la glace,
Le jour se montre sans brouillards :
Gais pêcheurs, mettez-vous en chasse,
Tendez vos filets aux canards!...

Dans les étangs des grandes landes,
Au milieu des marais salants,
Parmi les algues et les brandes,
Voyez que d'oiseaux voltigeants.
Plongeurs dorés, brunes sarcelles,
La nuit redoublent leurs ébats ;
Et le matin, des milliers d'ailes
Se débattent sur les *crassats*.

Oui, le temps est bien à la glace,
Les jours se montrent sans brouillards :
Gais pêcheurs, poursuivez la chasse,
Attrapez toujours des canards !...

Ma foi ! quand on n'a pas la fièvre,
Le gibier n'est pas bien mauvais;
Et le canard comme le lièvre,
En salmis, font de très-bons mets.
Aussi, si la saison des roses
Offre des douceurs en plein air,
Il n'est pas mal de bonnes choses
Qui charment les longs jours d'hiver !

Oui, quand le temps est à la glace,
Et que les jours sont sans brouillards,
Heureux celui qui fait la chasse
Et qui peut manger des canards !

La Teste, novembre 1852.

AUX SŒURS DE CHARITÉ

A vous, mes bonnes sœurs, douces consolatrices
De tant de malheureux — à vous ce chant pieux ;
Vous qui délaissez tout pour faire ces services
Où le cœur et le bras souffrent sans être vieux !...

Vous imposant toujours de bien grands sacrifices,
Vous marchez en donnant des soins officieux
Au moribond qui meurt sous vos saintes auspices ;
Vous recueillez sa peine et ses derniers adieux !

Oh ! sur tant de blessés, toujours à coupes pleines
Versant de frais parfums, nouvelles Madelaines,
Vous savez adoucir un sort triste et cruel.

Pour vos effusions, vos bontés infinies,
Au nom du Dieu d'amour, femmes soyez bénies !
A vous la palme d'or à cueillir dans le ciel !

A M. PIERRE LACHAMBEAUDIE

Un pêcheur, bien loin de la rive,
Jetait gaîment ses blancs réseaux,
Soudain une tempête arrive
En soulevant les lourdes eaux.
Pour braver sa noire ennemie,
Il s'enfuit avec énergie
Vers le rivage hospitalier ;
Mais hélas ! en sauvant sa vie,
Il perd son filet tout entier.

Le voilà dans l'anse paisible
Avec son esquif retiré,
Mais la mer qui gronde terrible
Rend son cœur fortement serré...
Son filet, sa fortune chère,
Qui le charmait dans sa misère,
Ne paraîtra plus à ses yeux ;
Pour lui, sur mer comme sur terre,
Il n'aura plus de jours joyeux.

Ainsi, quand quelque brillant rêve
Paraît nous charmer pour longtemps,
Comme le pêcheur sur la grève
Qui va partir par un beau temps ;
Quand aucun souci n'importune,
Qu'on croit qu'une bonne fortune
Doit conduire à parfait bonheur,
Survient toujours quelque infortune
Qui nous plonge dans la douleur...

LES PINS INCENDIÉS

Le soleil se couchait, et l'ombre et le mystère
Commençaient à régner dans les champêtres lieux ;
Le joyeux résinier, regagnant sa chaumière,
Chantait de sa chanson le refrain amoureux ;
C'était un soir charmant, pur, calme et poétique ;
L'air était tiède et doux, les zéphyrs embaumés ;
Philomèle tout bas entonnait un cantique,
Et l'Angélus tintait ses sons accoutumés :
Tout à coup la forêt apparait nuageuse...
Le couchant empourpré perd soudain son éclat,
De longs jets enflammés, dans la forêt ombreuse,
Annoncent que le feu prend aux pins de l'Etat !!
Voyez, déjà partout la fumée est rougie...
Accourez, habitants du village voisin,
Les gardes-forestiers crient à l'incendie,
Et l'Angélus se tait pour sonner le tocsin !
Comme les matelots, au sein d'une tourmente,
Coupent cordes et mâts pour sauver leur vaisseau,
Le Landais, hache en main, en tous lieux se présente,
Traçant dans les semis un passage nouveau...
Bientôt le feu s'éteint... semblable à la tempête,
Abaissant par degrés ses ravages affreux.
Mais moi, triste et pensif, j'allais, courbant la tête,

Et je disais, voyant cet aspect désastreux :
— « O ma belle fôrêt ! beaux pins dont les ramures
» Abritèrent souvent tant d'oiseaux passagers,
» Vous qui formiez toujours d'harmonieux murmures
» Aux grands vents déchaînés comme aux zéphirs légers !
» Joyeux chantres des bois, où sont ces doux asiles
» Où vous chantiez l'amour en construisant vos nids !
» Sémillants écureuils qui viviez si tranquilles,
» Sur les arbres voisins vous pleurez vos petits !
» O nature, ô grands bois, rameaux, feuilles chéries,
» Verdure dont j'aimais l'éclat et la douceur,
» Oh ! laissez-moi, mon Dieu, sur tant de fleurs flétries,
» Pleurer, donnant toujours un regret de douleur !,..»

. . . .
. . . .

PENDÈN LA TEMPESTO

« Bèn, moun amic, bèn, moun praoubè maynatgo,
Anèm touts dux aou pé de la grand'croux,
Per prégua Diou que ramène aou ribatgo
Touts lous batéous dàs praoubes pécadous.
Dumpèy jèy nèy que la tempesto groundo,
Nat mariney aci n'a parèchut.
Soun touts adare à lutta countre loundo,
Èn demandan à grands crits lur salut :

— Oh! bèn prégua dambé ta may
Per rebeyre toun praoubé pay! »

Dis coume jou : « Moun Diou, noste boun pèro,
» Dègne abècha tous regards sur nous aou !
» As pécadous fey rebeyre la terro !
» Fey què cadun rebène à soun oustaou !
» Tout lou billatgo és plounjat dèn les larmos,
» Cadun frèmis aou bruèy de l'ouragan.
» Dègne, ô moun Diou ! fa cessa las alarmos !
» Din lou repaou fey rèntra l'Oucéan !... »

— Oh! prègue bien dambé ta may
Per rebeyre toun praoube pay.

L'aouratgo aou louyn se remet en furio,
Lou bènt redouble et bat pus fort lous flots;
Prèguèn, amic, prèguèn tabé Mario
Què sigue encar propice as matelots :
« May de Jésous! may plène de tendresso,
» Bous què rèndets l'espoir as malhurus,
» Geytats nos plous, gueytats noste tristesso;
» Deslibrats-nous d'aquets tourmèns affrus!... »

— Oh! prègue bien dambé ta may
Per rebeyre toun praoube pay.

. . . .
. . . .
. . . .
. . . .

La nèy après, la tempesto et l'aouratgo,
Èrent calmats et lou céou ère cla;
Et lou matin birent sur lou ribatgo
Lous pécadous lèntemèn abourda;
Ènsenble après, suiban l'èntique usatgo,
Furent préga aou pé de la grand'croux,
Ét puy la may dichut à sou maynatgo
Èn Èchugan èncare quauques plous ;

— Oh! bénis Diou dambé ta may,
Nous a rendut toun praoube pay!...

Pointe-du-Sud, novembre 1852.

UNE FLEUR

SUR LA TOMBE DE FRÉDÉRIC SOULIÉ

Quand un homme de bien abandonne la terre,
Tout ce qui porte un noble cœur
Sent des pleurs de regrets rouler dans sa paupière,
Et dans son âme la douleur.

On déplore l'ami dont la voix nous fut chère;
On se plaint tout bas au Seigneur
De nous avoir ôté cet appui nécessaire
Quand on tombe dans le malheur;

Mais tout en gémissant et répandant des larmes,
A son doux souvenir on retrouve des charmes :
L'absinthe se mélange au miel.

C'est qu'on sait que celui qui fait notre tristesse
A vécu sur la terre en aimant la sagesse,
Et qu'il jouit en paix au ciel !...

LE JEUNE MOURANT

ROMANCE

Je vais mourir!... Hélas! au printemps de la vie,
Mourir quand les jardins vont partout refleurir,
Quand l'agneau va bondir sur la verte prairie,
Quand mille amants joyeux vont penser à s'unir!...
Tout va parler d'aimer!... O faveur enivrante!
Je soupire à ces mots et pleure tour à tour,
Car je n'ai pas connu les baisers d'une amante,
Et pourtant, ô mon Dieu! j'avais beaucoup d'amour!...

Pauvre et toujours souffrant, dès ma plus tendre enfance,
Je me suis vu grandir sans espoir d'être heureux,
Tandis que mes amis, en pleine jouissance,
Savouraient du bonheur les fruits délicieux!...
Quand ils ont désiré trouver une âme aimante,
Ils ont été charmés!... et moi, jusqu'à ce jour,
Je n'ai jamais connu les baisers d'une amante,
Et pourtant, ô mon Dieu! j'avais beaucoup d'amour!...

Sur son lit de douleur, quand on va rendre l'âme,
Quand on va prononcer ses éternels adieux,
Heureux sont les mortels qui trouvent une femme
Pour leur tendre la main et leur fermer les yeux!...

On s'endort doucement à sa voix consolante...
Mais moi qui vais quitter ce terrestre séjour,
Je n'aurai pas connu les baisers d'une amante,
Et pourtant, ô mon Dieu! j'avais beaucoup d'amour!...

PETITS AGNEAUX

Dans les bruyères roses
Et les ajoncs dorés,
Parmi les fleurs écloses
Qui diaprent les prés,
Quand avril fait paraître
Ses rustiques tableaux,
Que j'aime à vous voir paître,
Charmants petits agneaux !

J'aime quand, solitaires,
Vous mêlez doucement
Aux chansons des bergères
Votre doux bêlement !
J'aime au sein de la plaine,
Dans l'onde des ruisseaux,
A baigner votre laine,
Charmants petits agneaux !

Tandis qu'au sein des villes
S'agitent les méchants,
Vous, joyeux, mais tranquilles,

Vous égayez les champs !
Vous coulez sans envie
Des jours calmes et beaux !
Que j'aime votre vie,
Charmants petits agneaux !

LE CHEMIN DE FER

La voyez-vous briller, comme un beau météore,
Cette ardente vapeur prompte comme l'éclair,
Qui, du nord au midi, du couchant à l'aurore,
Franchit plaines et monts sur ces chemins de fer ?
Rivières et forêts, landes et marécages,
Tout se trouve animé, tout paraît souriant,
Et les vieilles cités, distantes des villages,
Comme deux bras tendus se touchent maintenant.
Honneur donc à tous ceux qui dotent notre France
De notables beautés, et qui tiennent à cœur
De ne pas reculer, quand le progrès s'avance
Avec l'humanité comme avec la vapeur !

L'ENFANT ET LA ROSE

Une rose venait d'éclore
Aux rayons de la douce aurore :
— Une abeille vint s'y blottir.
— Un jeune enfant veut la cueillir...
Mais ses doigts sentent une épine.
Hélas ! et tant qu'il se chagrine,
L'abeille sort du nid d'amour,
Et vient le piquer à son tour...
O tourment ! l'enfant pleure et crie.
Vers lui court sa mère chérie ;
Elle apaise d'abord ses cris,
Puis après lui dit : « O mon fils !
Toujours ainsi, dans cette vie,
La pomme d'or nous est ravie !
On voit rarement le plaisir
Enivrer l'homme à son loisir.
Le bonheur ressemble à la rose ;
Il séduit bien, mais si l'on ose
En savourer tous les attraits,
Il laisse toujours des regrets. »

LES PÊCHEURS DE MESTRAS ET DE GUJAN

Les voyez-vous partir dans leur barque de pêche,
Toujours frais et dispos,
Tendant leur voile grise à la rafale fraîche
Qui caresse les flots !
A l'insensible flux leur esquif s'abandonne,
Et plus tard au courant ;
Et que le temps soit pur ou que l'orage tonne,
Ils vont toujours chantant :

— « Qu'il est doux d'être en mer quand la vague azurée
Brille autant que les cieux,
Et que ses calmes flots sur la grève dorée
S'étendent gracieux !
Ah ! qu'il est doux aussi quand la lame plus forte
Vous berce avec bonheur,
Et qu'un rapide vent sans danger vous emporte
Sur l'Océan grondeur !...

» Loin du banc du Mastoc où l'onde monte et brame,
Nous jetons nos filets,
Et bientôt le poisson, en jouant sous la lame,
Vient se prendre en nos rets ;

Nous le halons à bord, contents de notre ouvrage,
Et repartons soudain
Pour aller échouer sur la natale plage
Jusqu'au reflux prochain. »

Oui, chantez, gais pêcheurs, quand les vagues sont belles,
Vos refrains amoureux,
Et revenez toujours montrant dans vos nacelles
Des poissons bien nombreux !
Comme les paysans des asiles champêtres,
Goûtant la liberté,
Vos jours s'écoulent beaux, car vous vivez sans maîtres
Dans la félicité !

A MARIE-AMÉLIE

EX-REINE DES FRANÇAIS

Lorsque Ferdinand et Marie
Firent répandre tant de pleurs,
Combien votre âme endolorie
Dut souffrir, ô mère chérie,
En gémissant sur vos malheurs!...

Pourtant, dans ces jours de veuvage,
Dans ce deuil qui vous attristait,
Vous trouviez encor du courage
Pour mettre à l'abri de l'orage
Le doux trésor qui vous restait.

Vos enfants, existants encore,
Avaient besoin de votre amour :
Il fallait votre voix sonore
Pour leur montrer à leur aurore
Ces vertus qui charment toujour...

Et bien des pauvres de la France
Avaient aussi besoin de vous,

Car vos dons et votre clémence
Allégeaient souvent leur souffrance
Quand le chagrin portait ses coups.

Votre touchante renommée
Était un baume à leurs douleurs;
Par vous, leur âme était charmée :
Ils vous nommaient leur Reine aimée,
Car vous régniez sur bien des cœurs.

Hélas! pour vous, plus d'allégresse ;
Pour vos enfants, quel avenir!...
Adieu la coupe de l'ivresse!
Adieu ce bonheur qui, sans cesse,
Pour eux ne devait pas finir!...

Voyez, voyez, ô pauvre Reine!
Comme tout fuit au moindre vent!...
Voyez comme le mal enchaîne
Ceux qui croyaient vivre sans peine,
Sans voir un destin décevant!...

Voyez, voyez, ô pauvre mère!
Comme le calme a peu de cours!
Comme le deuil et la misère
Arrêtent notre sort prospère
Et nous font parler de secours!. .

Voyez comme tout change et tombe,
Comme un trône peut s'écrouler,
Comme un projet doré succombe,
Comme on peut heurter une tombe,
Comme on peut se voir exiler !...

Mais vous qui viviez sans envie,
Assise au séjour des grandeurs ;
Vous qui consacriez votre vie
A des travaux où tout convie
A répandre tant de douceurs,

Quand votre peine accoutumée
Vous abreuvera de regrets,
Cessez un peu d'être alarmée,
Car vous serez toujours aimée
Pour vos vertus et vos bienfaits !...

Lestiac 1849.

Dans un gazon à l'herbe douce,
Au milieu des rosiers en fleurs,
Un oiseau, sur son nid de mousse
De l'hymen chantait les douceurs.

Il était au sein de l'ivresse,
Voyant renaître les beaux jours,
Et sentant sa douce tendresse
S'épanouir sur ses amours.

Rien ne troublait son doux empire :
L'herbe verte, la fleur, le ciel,
Tout se montrait pour lui sourire,
Tout sur lui déversait du miel.

Heureux oiseaux, heureux poètes,
Quand vous paraissez gais toujours,
C'est qu'alors c'est les temps des fêtes
Du joyeux Printemps des amours.

LOUS PARANS

Clunquats dèsus lurs xanquos,
Toutjoun taou aouts mountats
Quo toquent las balanquos
Das pus grans pignadas!
Fusiou en bandoulèyro,
Rouillat dempuy céns ans,
É biello carnaseyro,
Ah! baqui lous parans!!..

Bestits en praoube buro
É coyats en Basqués,
Pourtan la chebeluro
Couma las gens couquets;
Chèn sé bailla dé pèno,
Quan soun guardos aous champs,
Tricouta coumo un hemno.
Ah! baqui lous parans!...

Estala lurs coudinos
Aou mèy de las fourêts,
Minja lard et chardinos
Chèn sé plagno de rès;

Acheytats sur la brano
De lurs agnelets blancs,
Toundo la broyo lano,
Ah ! baqui lous parans !...

Quan lou bèn dé nort piquo,
Sé mète bûcheyroun ;
Lou sèy minja la miquo
Èn fèdèn lou carboun ;
Beyro coula sa bio
Sèns reybos aflijans;
N'ayma qu'unc chério,
Ah ! baqui lous parans !...

LES HEURES D'UN PRISONNIER

LES HEURES D'UN PRISONNIER

A MA MUSE

Depuis longtemps, ma chère sœur,
Je t'avais hélas! délaissée,
Bannie aussi de ma pensée,
De mon esprit et de mon cœur,
Plongé dans de tristes affaires,
Y rêvant la nuit et le jour :
J'oubliais ces études chères,
Foyer sacré d'un saint amour!
Mais Avril revient me surprendre,
Avec son soleil si joyeux
Et sa verdure fraîche et tendre
Enchantant mon âme et mes yeux!..
Mais, hélas! ces douces journées,
Il faut les passer en prison...
Pour moi plus d'heures fortunées...
Mais non — Reviens, ô ma raison!
Je vois le ciel et les étoiles
A travers mes épais barreaux;

Vogue ma barque à pleines voiles,
Vers ces pays toujours nouveaux!
Douces chimères, brillants rêves,
Revenez encor m'enchanter;
Parmi les champs et sur les grèves,
Transportez-moi pour y chanter!
Tout doit satisfaire un poète,
En plein air comme renfermé;
Aujourd'hui chagrin, demain fête,
A tout il est accoutumé...
Chassons donc les pensers moroses,
O douce Muse! et dans ces jours,
Célébrons la saison des roses,
Des joyeux chants et des amours!
Chantons toujours, quoiqu'il advienne,
De Dieu célébrons la bonté,
En attendant que Mai revienne
Pour nous rendre la liberté!

Bordeaux, prison du Hâ, 6 Avril 1859.

A MES ENFANTS

Mes doux enfants, loin de votre présence
Je souffre hélas! comme un infortuné;
Je les sens trop ces douleurs que l'absence
Fait éprouver au pauvre condamné!
Mais, près de vous est votre bonne mère,
Vous répétant : « Il n'est pas malheureux!
» Il reviendra, oui bientôt, je l'espère...
» — En attendant, enfants, soyez heureux!

» Il reviendra..., car il est en voyage. »
— Hélas! enfants, il faut bien vous tromper...
Car autrement votre front sans nuage
D'un noir frisson pourrait s'envelopper...
Le mot prison rend l'enfance peureuse,
Son jeune cœur devient tout douloureux;
Trop tôt, hélas! vient la vie orageuse...
— En attendant, enfants, soyez heureux!

Vous grandirez, vous connaîtrez le monde,
Les orgueilleux, les calomniateurs,
Regardez bien, chers enfants, à la ronde,

Avant d'aller vers tous ces imposteurs ;
Soyez prudents, braves et charitables,
Aimez les gens aux pensers généreux ;
Vous le verrez, nos biens sont peu durables...
— En attendant, enfants, soyez heureux !

8 avril.

A M. OCTAVE FEUILLET

Auteur du ROMAN D'UN JEUNE HOMME PAUVRE

Qu'il est doux de lire un livre
Qui fait palpiter le cœur,
A chaque page on s'enivre
De plaisir et de bonheur !
Du vôtre, plein de mérite,
L'on aime à dire souvent :
Quelle est belle Marguerite,
Que Maxime a de talent !

Dans cette sombre Bretagne,
Pays des rudes travaux,
Vous créez une campagne
Pleine de riants tableaux.
Comme l'on aime ce site
Où naît un amour charmant.
Qu'elle est belle Marguerite,
Que Maxime a de talent !

Chaque page nous enflamme
Et nous ravit tour à tour ;

Vous commencez par le drame,
Vous finissez par l'amour.
O Pétrarque! ô Théocrite!
Votre feu fut moins brûlant...
Qu'elle est belle Marguerite.
Que Maxime a de talent!

O poétique rivière,
Cascades et bois ombreux,
Montagne et croix solitaire,
Témoins de si doux aveux.
Chaque scène nous invite
Au plaisir comme au tourment...
Qu'elle est belle Marguerite,
Que Maxime a de talent!

Vieux château, manoir antique,
Où châtelaine aux yeux doux
Prenait un air despotique
Pour tourmenter des jaloux...
O société d'élite,
Dont chaque type plaît tant!...
Qu'elle est belle Marguerite,
Que Maxime a de talent!

Rustique et verte corbeille
Que les fraises ont garni...
Récits d'une bonne vieille
Confiés à son ami.
Qu'il est doux quand on hérite

Avec tant d'enchantement!
Qu'elle est belle Marguerite,
Que Maxime a de talent!

Et toi grande et fraîche allée,
Où couraient deux beaux coursiers,
Plaine au loin, tour isolée
Où furent deux prisonniers...
O livre plein de mérite!...
De toi l'on dira souvent :
Qu'elle est belle Marguerite,
Que Feuillet a de talent.

8 Avril.

AUX HIRONDELLES DES PRISONNIERS

A M. LE Bon P.....

Musique de M. F. Bopp.

Où donc êtes-vous hirondelles,
Vous n'avez pas encor paru
Vous reposant sur les tourelles?
L'hiver a pourtant disparu...
Sur les arbres de cette enceinte,
Au bord des toits, dans les préaux,
Chaque jour j'entends la complainte
Et le gai babil des moineaux.

Hirondelles aux cris plaintifs,
Volez vite vers ces demeures,
Pour égayer les tristes heures
Que passent les pauvres captifs.

Ah! si vous reveniez en France
Avec les souffles printaniers,
Vous ranimeriez l'espérance
Dans l'âme des vieux prisonniers.
Combien il en est dont les larmes

Témoignent de leur repentir,
Et qui voudraient revoir les charmes
De quelques printemps à venir !

Hirondelles aux cris plaintifs,
Volez vite vers ces demeures,
Pour égayer les tristes heures
Que passent les pauvres captifs.

Où donc sont-elles ces campagnes
Où vous êtes à voltiger ?
Est-ce en Grèce où dans les Espagnes?
Aux lieux où fleurit l'oranger?
Quittez ces rives étrangères,
Venez revoir dans ces beaux jours,
Aux toits des cités, des chaumières,
Les nids de vos premiers amours !

Hirondelles aux cris plaintifs,
Volez vite vers ces demeures,
Pour égayer les tristes heures
Que passent les pauvres captifs !

8 Avril.

SUR UN NAUFRAGE A VIEUX BOUCAU

A M. ANDRÉ HYRIGOYEN

Le voyez-vous bondir au sein des mers,
Ce beau Trois-Mâts voguant à basses voiles...
Depuis deux jours il n'a point luit d'étoiles,
Ni de soleil sur les gouffres amers...
Le sombre autan qui ravage la côte,
Plus haut que lui fait soulever les flots,
Et sur ces bords il n'est point de pilote,
Que je vous plains, ô pauvres matelots!...

Le voyez-vous, son grand mât sur l'avant
Tombe tordu... La tourmente est plus forte!...
Il veut lutter, mais l'ouragan l'emporte!...
Toute sa toile est dispersée au vent...
Mât d'artimon, beaupré, mâture haute,
Tout est à bas comme aux jours du repos,
Et sur ces bords il n'est point de pilote,
Que je vous plains, ô pauvres matelots!..,

Le voyez-vous, roulant sur l'élément,
Désemparé, s'affalant vers la terre...

Et cette rive est inhospitalière,
Tous les secours y sont vains. O tourment!...
Il touche un banc..., se couche... et déjà flotte
Un gouvernail sur l'onde... Et les échos
Vont répétant : ce bord est sans pilote,
Que je vous plains, ô pauvres matelots!...

Ainsi, souvent, surpris par le gros temps
Des passions, comme ce beau navire,
Notre âme alors redoutant un martyre,
Voudrait lutter au milieu des tourments.
Mais dans la vie il faut bien prendre note
Qu'il est des bords ravagés par des flots....
Si l'on s'y jette, il n'est point de pilote,
Et l'on y meurt en pauvres matelots!...

10 Avril.

MAITRE PIERRE ET MARINETTE

A M. Ed. ABOUT

Auteur de MAITRE PIERRE

Petite et les yeux charmants,
Bouche toute mignonnette,
Cheveux noirs et blanches dents.
Ah ! voilà bien Marinette.
Fraîche et jolie à seize ans !
Mais on dit que *Maître Pierre*
Pour elle est toujours sévère.
Ah ! fi le vilain sournois,
Qui ne rêve qu'à ses bois.

Chut ! chut ! chut ! laissez donc faire,
Le temps change tout sur terre,
Et vous direz quelque jour :
Maître Pierre a de l'amour !

Maître Pierre est un sans cœur,
Pour une fille aussi sage,
Il la tient dans son ménage
Sans lui parler de bonheur !...
Il est tout à son labeur,

Ses pins, ses landes, ses dunes,
Ses canaux et ses lagunes;
Ses plans pour les communaux
Sont ses amours les plus beaux!

Chut! chut! chut! laissez donc faire,
Le temps change tout sur terre,
Et l'on dira bien un jour,
Maître Pierre a de l'amour!

Le grand maire de Bulos
Et son vieux garde-champêtre,
Veulent toujours se permettre
De dire des à-propos
Sur ces amants dits Palots...
Et puis les gens du village
Font aussi maint caquetage
Sur l'enfant de ce sol noir,
Dont le cœur est plein d'espoir!

Ah! chut! chut! laissez donc faire,
Le temps change tout sur terre.
Et vous pourrez dire un jour,
Maître Pierre a de l'amour!

Sur les eaux du grand étang,
Qu'il est fier dans sa nacelle!
Et que Marinette est belle
Sur la poupe gouvernant,
L'œil fixé sur son amant!...
Que le ciel soit sans nuage

Ou que le vent fasse rage,
Ils rentrent toujours au port
Ayant bien marché d'accord...

Ah! chut! chut! laissez donc faire,
Le temps change tout sur terre,
Et vous verrez bien qu'un jour,
Maître Pierre a de l'amour!...

Quand des Messieurs de Bordeaux
Arrivent dans la commune,
Pour voir la charmante brune
Et de *Pierre* les travaux,
Et sa chasse et ses chevaux,
Le Maire, en seigneur aimable,
Invite tout à sa table...
Ah! qu'il est joli ce choix
Que fait faire un plat de noix!...

Chut! chut! chut! laissez donc faire,
Le temps change tout sur terre,
Et l'on pourra dire un jour,
Maître Pierre a de l'amour!

Enfin, il faut arriver
A vous auteur plein de charmes!
Qui faites verser des larmes
A l'enfant qui veut rêver
Au bonheur qu'il croit trouver!
Que votre histoire est charmante!

Que votre verve est brillante !
Vos amants ont pu s'unir ;
Pour eux quel bel avenir !...

Voyez, tout a pu se faire,
Le temps change tout sur terre,
Et l'on peut dire en ce jour :
Maître Pierre a de l'amour !

10 Avril.

A MON AMI V...

Si ma cellule est parfois triste,
Si l'air n'y vient que par moments,
Pour quiconque a l'âme d'artiste,
Il voit vite passer le temps.
Beaux-arts, poésie et peinture,
Musique, dessin et sculpture,
On rêve à tout, comme toujours,
On pense à ses chères amours!
Bonheur si doux de la famille!
A toi, mon fils, à toi, ma fille;
A celle qui vous a bercés!
A ceux qui nous ont élevés
Aux bons amis, aux camarades,
Aux gens pauvres, aux vieux malades,
Aux bonnes gens, aux prisonniers,
A mon pays, à ses guerriers!
Passez donc vite, heures trop lentes
Pour tant d'âmes qui sont souffrantes;
Pour moi, je bénis le Seigneur
Pour mes longs moments de bonheur;
Et quand je redeviens austère,
Je lui fais ainsi ma prière :

Seigneur, daignez donner toujours,
Aux malheureux de cette terre,
Du pain, des pardons, des secours;
A la souffrance, à la misère,
Seigneur, daignez donner toujours!

Avril.

A M. JULES DE GÈRES

Auteur de ROSE DES ALPES

En rêvant l'autre jour à tes hautes montagnes,
A tes pics si brillants, de neiges couronnés;
A tes lacs, à tes bois, à tes fraîches campagnes,
A tes joyeux troupeaux, à tes vals fortunés,
O beau pays d'azur et de chants si rustiques,
De peuples fiers et doux, de libertés antiques;
Pays qu'on aime à voir, dont on aime à jouir,
Dont on garde toujours un touchant souvenir,
Je me disais pourquoi Jocelyn et Laurence,
Et Rupert et Perrine au cœur plein d'espérance.
Sont-ils venus mourir sur ce sol embaumé,
Où Jean-Jacques et Julie ont si longtemps aimé?
Ah! pourquoi? demandez à ces poètes frères,
A ces deux beaux talents : Lamartine et de Gères!
Leurs muses l'ont voulu, caprice et désirs,
Des poètes toujours charmeront les loisirs!
Ah! quel doux passe-temps que d'écrire un poème;
Vous le savez aussi, vous, grands noms que l'on aime.
Toi, Lamartine, vieux et toujours admiré,
Et toi qui jeune encore de gloire environné
T'es élevé si haut avec tant de puissance,

Qu'on te nomme partout grand poète de France !
O grand poète, oui ! Quand tes *Premières fleurs*
Parurent... tu pris rang parmi les doux vainqueurs.
Rose des Alpes vint, redoublement de gloire,
Te mit au premier rang des fils de la victoire.
Et ton doux *Roitelet* vient de venir encor
Remettre entre tes mains une autre palme d'or !

Parmi les cent beautés que ta muse divine
A si bien su chanter : Oh ! que j'aime Perrine.
Rose des Alpes ! ô nom si charmant et si doux
Qu'on ne peut prononcer sans en être jaloux...
Perrine, douce fleur, si belle à ton aurore,
Et sur tes derniers jours, hélas ! si belle encore.
Oh ! combien j'aimerais à voir ce beau châlet,
De ton premier amour, de ton premier regret
Le témoin triste et doux, celui qui vit tes charmes
Briller dans l'heureux temps qui passait sans alarmes.
Que je voudrais le voir ce doux toit où Rupert
Mettait tous ses amours et sa gloire à couvert ;
Le berceau de Firmin dans la chambre historique,
Et la niche de Tell parmi l'enclos rustique !
Et toi perfide lac... où le Fhon meurtrier
Fit périr sans pitié le beau chasseur guerrier.

Vous reposez tous deux, là-bas, au sein de l'onde,
Amants infortunés qu'on chantait à la ronde.
Votre histoire est touchante, et vos saintes amours
Dans les jours d'avenir se rediront toujours.

11 Avril.

LA CHANSON DU FILS DE Mme GRÉGOIRE

A MON AMI V... DE B.....S.

Je n'aime pas l'histoire
De ces gens sérieux,
Qui dédaignent de boire
Un verre de vin vieux !
Quand on n'est pas malade,
Quand on n'est pas chagrin,
Une demi-rasade
Nous fait toujours du bien !

Quand on se trouve à table
Avec de bons amis,
A la parole aimable,
Aux yeux bien réjouis,
J'aime que l'on admire
Et qu'on vante un festin,
Car manger et bien rire
Ça fait toujours du bien !

En été sous la treille,
L'hiver près d'un bon feu,

Goûter mainte bouteille
Est un aimable jeu.
Je n'aime pas l'ivresse,
Ni z'un trop grand entrain,
Mais un peu d'allégresse
Nous fait toujours du bien.

11 Avril.

LA BREBIS ÉGARÉE

BALLADE

O ma brébis chérie,
Toi qui dans la prairie
 Paissais si bien.
Qui parfois si charmante,
Revenais bondissante,
 Léchant ma main.

Depuis trois jours, cruelle,
Ma douce voix t'appelle
 Loin du hameau.
Je n'entends rien encore,
Rien que l'écho sonore
 Sur le coteau...

Hélas ! partir si vite,
Oublier Marguerite
 En un seul jour !
Moi qui d'une voix tendre

Te faisais tant comprendre
  Tout mon amour!

Moi qui de paille fraîche.
Embellissais ta crêche,
  Formais ton lit,
Pour qu'un bien ineffable,
Dans ta rustique étable,
  Charmât ta nuit.

Au ruisseau de la plaine,
Moi qui lavais ta laine
  Comme un bijou,
Qui chérissais ta pose,
Et qui d'un ruban rose,
  Ornais ton cou.

Moi qui dans la chaumière
T'attirais la première
  T'offrant du pain.
Agitais ta clochette
Et te pressais, pauvrette,
  Contre mon sein.

Reviens, ô ma chérie,
Crains l'orage et la pluie
  Parmi les champs.
Crains bien dans les campagnes
Le vieux loup des montagnes,
  Aux longues dents.

Loin de nos bergeries,
Il est des boucheries,
O mon agneau.
Tu peux cesser de paître.
Ah ! crains, d'un nouveau maître,
Le grand couteau....

O ma brebis chérie,
Toi qui, dans la prairie,
Paissais si bien.
Oh ! reviens, ma charmante,
Encore bondissante,
Lécher ma main,

12 Avril.

LA PLAINTE DU PATRE

Le pauvre Hylas, pâtre de ces campagnes,
Depuis longtemps hélas ! n'est plus joyeux ;
Il veut s'enfuir au sommet des montagnes,
Et ne jamais reparaître à nos yeux.
Quand on lui dit : ami, quelle est ta peine ?
Il lève au ciel des regards éperdus,
Et puis sa voix murmure : ô Madeleine !
Tous nos amours, que sont-ils devenus ?

Quand l'an dernier, il revint de l'armée,
Il fut revoir celle qu'il aimait tant...
Adieu, dit-il, ma douce bien-aimée,
Nous pouvons donc être heureux maintenant ;
Mais, remarquant sa toilette de reine,
Le pauvre amant resta pâle et confus
Et puis sa voix murmura : Madeleine,
Tous nos amours, que sont-ils devenus ?

Où donc est-il, ce temps plein d'innocence,
Que tu passas dans nos calmes châlets :
Oh ! pourquoi fuir ces lieux où ton enfance

S'écoula douce à l'abri des regrets !
Quand tu buvais l'ivresse à tasse pleine,
Quand tu n'avais point de pensers diffus ;
Ah ! dites-moi, dites-moi, Madeleine,
Tous nos amours, que sont-ils devenus ?

Mais, sans souci, la bergère coquette,
Laisse se plaindre en vain le pauvre Hylas,
L'or, la grandeur, les cadeaux, la toilette
D'un beau seigneur l'avaient séduite, hélas !
Et maintenant quand l'écho de la plaine,
Reçoit un chant venant des Monts-Perdus,
Il vient d'Hylas, répétant : Madeleine,
Tous nos amours, que sont-ils devenus ?

14 Avril.

CAP BRETON

(GOLFE DE GASCOGNE)

A M. JULES CARON

Avec son vieil aspect, ses maisons lézardées,
Son phare et son clocher moins hauts que vingt coudées,
    Son vieux couvent de Cordeliers,
Sa petite rivière aux ondes presque rousses,
Ses grands bois de *liégers* aux troncs garnis de mousses,
    Et ses forêts de pins altiers.

Avec ses vieux marins, pêcheurs infatigables,
Ses cabanes de pêche et ses dunes de sables
    Recouvertes de pampres verts ;
Ses filets étendus en amont de ses plages,
Où les flots en courroux jettent des cris sauvages,
    Quand les vents soulèvent les mers !

Avec ses esquifs noirs et de formes landaises,
Ses femmes au teint brun, aux coiffures basquaises,
    Ses enfants à l'air vigoureux ;
Son port étroit et long, sa fosse solitaire,
Son lavoir sous le pont, sa fontaine d'eau claire,
    Et ses champs partout sablonneux !...

Il vous plairait, ami, ce roux, et gros village,
Quoique bien relégué dans un site sauvage,
Presque au bout des sentiers perdus.
Il plairait, j'en suis sûr, à votre âme d'artiste,
Car je crois que voilà deux mille ans qu'il existe
Et qu'il fut fondé par Brutus !

On ne le quitte pas sans en garder mémoire ;
Grandiose est son nom, terrible est son histoire
A partir du temps des Gaulois.
Il eut bien des beaux jours, pleins de gloire et de fêtes :
De tristesse, de deuil et d'affreuses tempêtes :
L'Adour y coula quatre fois !!

Prenez donc vos pinceaux, vos crayons et vos toiles,
Allez sur ces vieux bords d'où l'on voit tant de voiles
Passer au lointain horizon.
Et quand vous reviendrez de ce charmant voyage,
Vous me direz, je crois, dans un joyeux langage :
Oh ! combien j'aime Cap-Breton !...

18 Avril.

HONNEUR AU DRAPEAU DES FRANÇAIS

J'aime la paix, j'aime la guerre !
Quand il le faut, soyons soumis,
Soyons braves sur cette terre
Et soutenons notre pays.
Nous, des guerriers les plus grands maîtres,
Témoins tous nos brillants succès !
Disons toujours arrière aux traîtres,
Honneur au drapeau des Français !

Depuis cent ans, que de conquêtes :
O France ! que de beaux exploits !
Que de couronnes sur nos têtes !
Que de frayeurs chez tous les rois !
L'étranger, feuilletant l'histoire
Où les hauts-faits sont retracés,
Redit, même en vantant sa gloire,
Honneur au drapeau des Français !

Qui peut valoir, ô ma patrie,
Le courage de tes enfants !
Tes sciences, ton industrie
Et tes arts partout triomphants.

En sillonnant les mers profondes,
Tes vaisseaux partout dispersés,
Portent ta gloire aux quatre mondes !
Honneur au drapeau des Français !

O France ! reste toujours belle,
Lève toujours ton front altier;
Tu tiens une palme immortelle,
La plus grande du monde entier !
Ton nom brille comme l'aurore,
Ah ! quand mille ans seront passés,
De toi qu'on puisse dire encore :
Honneur au drapeau des Français !

20 Avril.

SOUVENIR DE BIARRITZ

A MADAME D. DE B.

Plages entrecoupées
De recifs anguleux,
Falaises escarpées,
Recoins mystérieux,
Pittoresques campagnes
Aux brumeux horizons,
Doux aspect des montagnes,
Neiges sur les grands monts,
Mer ravageuse et forte,
Vaisseaux qu'un vent emporte
Vers un pays lointain,
Douces barques de pêche
Que la rafale fraîche
Berce soir et matin ;
Demeure impériale,
Orgueil du doux pays,
Qui joyeuse s'étale
Aux fronts des rocs noircis ;
Eaux fraîches et limpides
Qui circulez toujours
Jusqu'aux grèves humides,
Faisant mille détours ;

Rive heureuse et choisie,
Village gracieux,
Oh ! que de poésie
Dans tes rustiques lieux !

22 Avril.

A M.-M.

J'étais constitué depuis deux jours à peine,
Me croyant bien caché — vous m'avez déniché —
Votre lettre m'arrive, et Dieu ! la bonne aubaine,
Vous m'envoyez du vin on ne peut mieux bouché ;
Chaque bouteille était allongée et bien pleine,
De forme gracieuse. Oh ! j'en fus entiché.
J'en débouche une, et sens une odeur de verveine
Ou d'œillet, ou de rose, et longtemps j'ai cherché
Quel était ce BOUQUET ? et de quel beau domaine
Ce vin pouvait venir ? Bref, je me suis couché
A dix heures du soir. La lune était sereine,
Pas un nuage au ciel, mais je m'endors fâché
De n'avoir pas connu la liqueur souveraine
Dont l'odeur seulement m'avait tant alléché.
Le lendemain, plus gai, je bois à coupe pleine
En déjeûnant fort bien... Et, plus amouraché,
Je cherche encore, et bath !... toujours la même peine.
De tous ces beaux châteaux dont Pauillac est jonché,
De ceux qui de Margaux enrichissent la plaine ;
Enfin, depuis Ludon, j'ai partout recherché,
Jusques à Saint-Vivien, la commune lointaine,
Et, pendant tout un mois, j'ai toujours rabâché :
Est-ce du Libournais ? De ce Canon qui mène
Les grands buveurs au pas quand ils ont trop péché ?

Serait-ce du Brion ? ou de la grave ancienne
Que le Pape Clément a tant de fois bêché ?
Non, non, c'est du Médoc ; il embaume l'haleine !
J'y revenais toujours, et toujours plus touché !
Enfin, je l'ai tout bu. Ceci, chose certaine,
J'en ai fait pour ma part un bien grand débouché ;
Il a charmé mes yeux, et mon goût, et ma veine ;
Sa couleur ressemblait au teint d'une Psyché !
Je pensais, en buvant, à Comus, à Silène,
Au gros père Bacchus sur sa tonne enfourché ;
A Brennus, qui planta la vigne en Aquitaine ;
Au vieux père Noé, sur sa table penché ;
A la joyeuse Hébé, des bacchantes la reine ;
A ces gais chansonniers, qui nous ont tous prêché
Que le vin de Bordeaux rend la pensée hautaine,
Tient l'esprit éveillé comme un jour de marché ;
Qu'il chasse de nos fronts la tristesse inhumaine,
Fait rentrer dans nos cœurs un bonheur arraché.
Enfin, que dire plus avec la rime en N
Et celle qui finit toujours par le mot CHÉ ?
Par une conclusion qui ne serait pas vaine,
Je voudrais terminer comme un maître de chai,
Quand il a bien rempli la trop longue semaine.
Après avoir tiré, décanté, rebouché,
Emballé pour l'Asie ou la rive africaine,
Ce vin, ce fameux vin en tous lieux affiché.
Ma foi ! je vais finir par une phrase saine,
Pour vous montrer combien je vous suis attaché :
Que ce vin que j'ai bu soit de côte ou de plaine,
D'un pays bien lointain ou d'un lieu rapproché,
L'ayant trouvé parfait, je dis qu'il m'en souvienne
Bien longtemps, de ce vin si bon, si bien bouché !!

28 Avril.

AUX FILS DES LABOUREURS

Ambition, trop orgueilleuse reine,
Où conduis-tu tes sujets révoltés?
Ta voix perfide à chaque instant entraîne
Des villageois vers les sombres cités.
Ah! pourquoi fuir loin des yeux de vos mères,
Jeunes amis, redoutez les malheurs!
Ne quittez pas les doux toits de vos pères,
Enfants des champs, ah! restez laboureurs!

Des libertins, des grands flâneurs des villes,
Gens sans vertus et gonflés de désirs.
Vont vous criant : — « Quittez les champs serviles,
» Venez chez nous goûter de vrais plaisirs;
» Nous sommes gais, même dans nos misères,
» Les passions calment tant de douleurs. »
— Ne quittez pas les doux toits de vos pères,
Enfants des champs, ah! restez laboureurs!

L'aspect des bois, des plaines, des montagnes,
Vous rend-il donc maintenant malheureux?

Vous êtes nés au milieu des campagnes,
Là le travail rend tout le monde heureux!
On boit partout à des coupes amères;
Mais, au village il est tant de douceurs.
Ne quittez pas les doux toits de vos pères,
Enfants des champs, ah! restez laboureurs!

Les citadins ont des bonheurs étranges,
Avec leurs goûts, leur commerce et leurs jeux;
Cela vaut-il vos celliers et vos granges,
Et vos greniers remplis de fruits nombreux?
Quand le soleil luit sur de belles terres,
Que de trésors, que de biens enchanteurs.
Ne quittez pas les doux toits de vos pères,
Enfants des champs, ah! restez laboureurs!

Sachez, amis, que le suprême maître,
Dans ces bas lieux nous a bien dispersés;
Chacun de nous ne doit pas méconnaître
De nos aïeux les biens qu'ils ont laissés;
Il ne faut pas mépriser les chaumières,
Ni délaisser vos frères travailleurs.
Ne quittez pas les doux toits de vos pères.
Enfants des champs, oh! restez laboureurs!

Si vous laissez la bêche et la charrue,
Pour prendre ailleurs la scie ou les marteaux,
L'agriculture, hélas! sera perdue,
Et les cités n'auront plus de travaux.

Il faut partout des travailleurs austères;
Honte aux ingrats comme aux vils détracteurs.
Ne quittez pas les doux toits de vos pères,
Enfants des champs, ah ! restez laboureurs !

26 Avril.

RONDE VILLAGEOISE DU BON VIEUX TEMPS

AU CHANSONNIER GUSTAVE NADAUD

Voici revenir le printemps,
Avec les fraises et les roses,
Les épinards et les aloses,
Les asperges et les *Royans*,
Les fleurs, la joie et l'espérance,
La brise et la verdure immense,
Et tous les trésors de nos champs.
Voici revenir le printemps!

Résonnez hautbois et musettes;
Jeunes garçons, jeunes fillettes,
Réveillez vos amours charmants,
Voici revenir le printemps!

Voici revenir le printemps,
Avec les fraîches jardinières
Qui vont nous porter, de leurs terres,
Bien des fruits et des aliments.
Vive les petits pois de France!

Avec les jambons de Mayence.
Et les bons confits des paysans,
Voici revenir le printemps!

Résonnez hautbois et musettes;
Jeunes garçons, jeunes fillettes,
Réveillez vos amours charmants,
Voici revenir le printemps!

Voici revenir le printemps,
Avec les fêtes des villages,
Et les danses sous les ombrages,
Et les repas chez les parents.
C'est la saison des promenades,
De la bière et des limonades,
Et des gais divertissements,
Voici revenir le printemps!

Jouez violons et musettes,
Sautez garçons, dansez fillettes,
Ranimez vos amours charmants,
Voici revenir le printemps!

25 Avril.

POUR LES ITALIENS

AU ROI VICTOR-EMMANUEL

Levez-vous! levez-vous! frères, car la victoire
Vous dit : Voici le temps de livrer des combats!
Levez-vous, et voyez l'étoile de la gloire
Qui brille à l'horizon pour diriger vos pas!

Marchez! Pour arriver au temple de mémoire
Bellone vous attend, Mars vous ouvre ses bras.
Marchez! pour voir vos noms figurer dans l'histoire,
Parmi les preux guerriers et les vaillants soldats!

N'aimez pour le moment que les longs cris d'alarmes,
Les senteurs de la poudre et l'éclat de vos armes,
Des feux des bataillons la continuité!

Vous avez déjà trop vécu dans l'esclavage,
Vous avez trop souffert sous le joug du servage,
Criez donc maintenant : Vengeance et liberté!

30 Avril.

LE NECTAR DES LANDES

CRÈME D'AUBÉPINE

Vive Bacchus, l'amour et les bons vins,
Les jeux, les ris et la philosophie,
Voilà toujours les immortels refrains
Que l'on entend chanter dans cette vie;
Mais nous, amis, ayons d'autres amours
Couronnons-nous de fleurs et de guirlandes
Et buvons gaîment, et chantons toujours
Vive le nectar des Landes!

Ce doux nectar, plus beau que l'Hypocras,
Plus parfumé que la douce ambroisie,
A le moelleux du grand vin de Schiras
Et le bouquet de franche Malvoisie.
Dans la bouteille on dirait du velours
Rouge-grenat, comme les fleurs des brandes.
Ah! buvons gaiment et chantons toujours
Le brillant nectar des Landes!

Il tient du vin, comme de la liqueur;
Soyeux, corsé, généreux, plein d'arôme,

Il plaît au goût, il enivre le cœur,
Comme au printemps quand l'aubépine embaume;
Il sait charmer les nouveaux troubadours;
Il brille au rang des plus belles offrandes.
Ah! buvons gaiment et chantons toujours
Le brillant nectar des Landes!

Le Curaçao, l'Élixir de Garus,
Les Marasquins et la Grande-Chartreuse,
Le Vespétro, la liqueur d'Acorus,
Le Rhum Scuba, l'Anisette huileuse,
De tous les fruits connus jusqu'à nos jours,
L'Aubépin seul obtiendra des légendes...
Ah! buvons gaiment et chantons toujours
Le brillant nectar des Landes!

Dans une coupe au cristal éclatant,
Quand la beauté goûte de cette crême,
D'en boire encor son désir est brûlant,
Car elle sent une ivresse suprême;
Nommons-là donc la liqueur des amours,
Elle plait tant! ses vertus sont si grandes!
Buvons-la gaiment en chantant toujours
Vive le nectar des Landes!

BÉRANGER A SAINTE-PÉLAGIE

RÊVANT DE LISETTE

Lisette à vous ce chant plein d'espérance,
A vous ces vœux, ces projets d'avenir;
Laissons souffler le vent de la souffrance,
Et n'en gardons jamais le souvenir.
L'hiver nous tient sous sa serre ennemie,
Mais le printemps plus tard aura son cours.
Consolez-vous, ô mon aimable amie,
Avec le temps nous verrons de beaux jours !

Un amour saint, une amitié sincère,
N'ont pas toujours leur sourire animé;
L'affliction bien souvent est leur mère,
Et qui n'a point souffert, n'a point aimé.
Ah ! quand notre âme est toute endolorie,
Heureux qui rêve à de joyeux retours.
Consolez-vous, ô mon aimable amie,
Avec le temps nous verrons de beaux jours !

Quand les plaisirs charmaient notre voyage,
Quand nous marchions sous un ciel enchanté,
Pouvions-nous croire, hélas ! qu'un noir orage,

Viendrait troubler notre félicité.
Mais quand tout vient attrister notre vie,
Qu'un doux espoir nous ranime toujours,
Consolez-vous, ô mon aimable amie,
Avec le temps nous verrons de beaux jours!

Si contre nous le vulgaire murmure,
Si d'abandon on vous parle parfois,
Ah? dites-bien que de l'amitié pure,
Mon cœur jamais n'oubliera les lois.
Foulez aux pieds la triste calomnie,
Et des méchants narguez les vils discours.
Consolez-vous, ô mon aimable amie,
Avec le temps nous verrons de beaux jours!

Habitués aux tourments comme aux peines,
Endormons-nous sans plus d'anxiété,
Nous briserons un jour ces lourdes chaînes,
Qui nous ont mis dans cette adversité.
En attendant que la philosophie
Et la gaité règnent sur nos amours,
Consolez-vous, ô mon aimable amie,
Avec le temps nous verrons de beaux jours!

POUR LES PAUVRES ET BONS PRISONNIERS

C'est à vous, c'est à vous, ô froids et tristes hommes,
Que j'adresse ce chant dicté par la douleur :

. . . .

Ayez plus de pitié, soyez bien moins sévères
Envers les prisonniers surchargés de misères.
Ne les maudissez pas quels que soient leurs forfaits,
Un profond repentir et de cruels regrets
Torturent bien souvent leurs cœurs et leurs pensées.
Ah! quand par ces douleurs leurs âmes sont brisées,
Croyez-bien que l'on peut sans crainte pardonner
Ceux qu'une triste faute avait fait condamner.
L'innocence revient, et la loi la plus belle
Doit, au nom de Jésus, perdre empire sur elle.

O demandez :

Qu'on leur donne plus d'air, plus de vie et d'amour :
Que dans tous leurs malheurs ils puissent chaque jour
Contempler plus longtemps le ciel et la verdure,

Voir les oiseaux s'enfuir vers le natal pays,
Respirer la fraîcheur d'un doux vent qui murmure,
Quand les chaleurs d'été font naitre tant d'ennuis.
Gens libres et joyeux qui vivez sans souffrance,
Vous apôtres du Christ qui parlez d'espérance,
Songez, songez souvent dans vos moments heureux
A ces pauvres mortels bien nommés malheureux.
O priez pour tous ceux qui passent des années
Sans rien voir de l'amour, sans connaître d'amis,
Qui voient s'écouler de si longues journées
Et des heures d'effroi parmi leurs tristes nuits.
Priez, priez pour eux!!...

A MARIE-AMÉLIE

Vous qu'on chérissait tant quand vous étiez en France,
Par vos sentiments purs et votre charité,
Espoir des malheureux, soutien de l'indigence,
Ange consolateur, trésor de la bonté,
Dans notre sombre nuit, étoile tutélaire,
Phare toujours brillant dans nos jours orageux,
Amante des vertus, digne et touchante mère,
    Fleur trop belle pour ces bas lieux.

Oh ! pourquoi le malheur a-t-il brisé votre âme,
Pourquoi l'ombre et le deuil ont-ils pris vos beaux jours !
Pour les envelopper dans leur horrible trame,
Et vous laisser souffrante au sein de vos amours.
Pourquoi votre beau ciel, par des sombres nuages,
A-t-il vu son éclat s'obscurcir pour jamais,
Et pourquoi votre esquif a-t-il fait des naufrages,
    Le plus triste et le plus mauvais?

Hélas ! c'est que le sort fait partout des victimes ;
C'est que rien ne l'arrête, alors qu'il dit : je veux !
C'est qu'il plonge aussi bien au fond de ses abimes,
Une âme au sein flétri comme un cœur vertueux.

C'est qu'il lui faut sans cesse, en tous temps, à toute heure,
Des peines, des regrets, des chagrins, des douleurs ;
C'est qu'il ne rentre pas, dans sa sombre demeure,
Sans avoir fait verser des pleurs !

Eh bien ! quand le malheur partout vous accompagne,
Lorsque vous n'avez plus d'espoir de jours joyeux,
Oh ! prenez du courage au pied de la montagne
Que vous devez gravir pour voir plus près les cieux !
Gardez-la cette foi digne d'être suivie,
Cet amour douloureux si noble aux yeux de Dieu,
Et quel que soit le temps, que dure votre vie,
Montrez-vous parfaite en tout lieu.

Gardez à vos amis, qui pleurent votre absence,
Une part de ce cœur qu'on sait si généreux,
Et croyez à jamais que la terre de France
Honorera toujours vos bienfaits précieux.

. . . .

AUX MANES DE PIÉTRO MARONCELLI

A M. ANTOINE DE LATOUR

Il n'est plus!... loin, bien loin sur la rive étrangère,
Il est mort au milieu d'une souffrance amère,
En pressant sur son cœur sa femme et son enfant,
Et murmurant le nom de son pays brillant,
Oh! qu'il dut regretter, avant son agonie,
Les beaux jours enchantés du printemps de sa vie,
Rome, où tout enfant il proclamait le nom
Des grands maîtres de l'art à l'antique renom,
Naples et son ciel pur, où sa muse féconde
Enivra tant de fois l'Italie à la ronde,
Milan où ses complots, de pure loyauté,
Etaient faits pour venger la Sainte-Liberté!

. . . .
. . . .

Oui je repense à toi, homme de grand courage,
Qui supporta dix ans les fers de l'esclavage,
Sans proférer de plainte au milieu des douleurs,
Sans maudire les noms de tes vils oppresseurs.
Au château du Spielberg, enfermé comme un traître,

Tu souffris de ces maux que peuvent seuls connaître
Ces pauvres prisonniers enfermés comme toi,
Dans ces sombres cachots à l'aspect plein d'effroi.

Repose maintenant loin de toute misère,
Que la terre d'Yorck te soit douce et légère,
Et que le voyageur, en parcourant ces lieux,
Salue avec respect tes restes précieux.
Que les fleurs, les oiseaux et la douce verdure,
Enchantent constamment ton humble sépulture.
Dors ami, dors en paix, les siècles à venir,
Garderont à jamais ton touchant souvenir !

PLUTUS

Pour de l'or, savez-vous ce qu'on fait dans la vie,
Maintenant que l'orgueil est l'amour de chacun?
On vendra son honneur, on vendra sa patrie,
Comme on vend un objet commun.

Pour de l'or on mettra le deuil en sa famille,
On volera tout bien par la loi défendu;
Pour de l'or, quelque mère excitera sa fille
A laisser flétrir sa vertu.

On ruinera le pauvre en ses jours de misère,
On deviendra parjure et calomniateur.
On rira de l'amour et d'une vie austère,
On sera lâche et corrupteur.

Plutus, à toi l'honneur ici dans ce bas monde,
La bassesse à tes pieds arrive chaque jour,
L'apostat orgueilleux de son amour t'inonde,
Tu te vois une grande cour!...

Mais malgré qu'en tous lieux on t'encense et t'adore,
Tu verras en tous temps le fidèle chrétien,
Te proclamer toujours, du couchant à l'aurore,
Le corrupteur du genre humain!

A SILVIO PELLICO

Quand, avec les malheurs, la cruelle souffrance
Règne toujours, hélas ! ôtant toute espérance
Aux gens en liberté comme aux pauvres captifs,
Prions, prions toujours pour adoucir nos peines ;
Le Christ fut mis en croix, courbons-nous sous nos chaînes
Sans proférer des cris plaintifs !...

Nous devons tous mourir... Heureux ceux dont les âmes
S'en retournent vers Dieu sur ces ailes de flammes
Que la prière donne aux mortels souffreteux !..
Qu'on ait eu sur la terre un sort affreux ou triste,
On doit tout oublier pour songer qu'il existe
Un destin plus brillant aux cieux !..

AUX NOMBREUX AMIS

Qui sont venus me voir en prison.

Vous m'avez vu souvent, dans ma cellule,
Triste, pensif et joyeux tour à tour.
Je vous disais : Je gobe la pilule,
Mais le travail enchante mon séjour;
Puis, nous causions de paix et d'espérance,
De libertés, de gloires, de plaisirs.
Le temps a fui... j'ai vu ma délivrance!...
Amis, merci pour vos bons souvenirs.

En ai-je fait de ces rêves étranges!
En ai-je vu de ces moments joyeux!...
Vous m'apportiez de pleins mouchoirs d'oranges,
Du saucisson et du médoc bien vieux!...
Mère Barets faisait bien le potage (1) ;
Je prenais tout sans pousser des soupirs,
Merle joyeux, je sifflais dans ma cage.
Amis, merci pour vos bons souvenirs.

(1) Mme Barets tient la cantine de la prison du Hâ.

En m'apportant nouvelles de famille,
Ah ! que de fois je vous ai vus heureux,
Me répéter : « Épouse, fils et fille,
» Tout est fort bien, ami soyez comme eux !...
» Coulez vos jours sans soucis, sans alarmes,
» Et que l'étude enchante vos loisirs;
» Notre amitié vous offrira des charmes !... »
Amis, merci pour vos bons souvenirs.

Les orgueilleux, comme les égoïstes,
Dans leurs malheurs sont toujours délaissés ;
Mais les grands cœurs aux plus pauvres artistes
Portent toujours des secours empressés.
Heureux qui peut, quand sa peine est finie,
Dire, exprimant ses vœux et ses désirs :
Douce amitié, sois à jamais bénie !...
Amis, merci pour vos bons souvenirs.

4 mai, à cinq heures du matin.

NUIT DU 15 DÉCEMBRE 1867

Ce fut une nuit froide et sombre;
Des vapeurs courraient dans les cieux,
Et la pluie, en tombant dans l'ombre,
Glaçait le sol — partout fangeux. —
Avec ma famille éplorée,
Je pleurais dans un triste lieu,
En murmurant, l'âme navrée :
Adieu, mon pauvre père, adieu !

C'est qu'il était à l'agonie,
Mon pauvre père vénéré.
De cette existence chérie
J'allais donc me voir séparé.
En vain, pour calmer son délire,
J'aurais pensé d'implorer Dieu :
Ma voix ne pouvait que redire :
Adieu, mon pauvre père, adieu !

Toi qu'on aimait tant à la ronde,
Par tes aimables sentiments,
Ainsi tu quittas ce bas monde
Au bout de tes quatre-vingts ans !

Tout en conservant l'espérance
De te revoir dans le ciel bleu,
Je suis triste à ta souvenance.
Adieu, mon pauvre père, adieu !

AU POÈTE G.-D.

Quel est cette lyre nouvelle
Qui vient charmer mon pauvre cœur?
Quel est celui qui me rappelle
Le souvenir de mon bonheur?

Quoi! les chants d'un pauvre Trouvère,
Dispersés au souffle du vent,
Ont pu sur cette triste terre
Trouver un cœur qui les comprend!

Les fleurs que je croyais fanées
Renaîtront à son doux soleil,
Et mes pages abandonnées
Auront encore un autre éveil.

Vers celui qui chérit mon livre,
Allez, allez, mes faibles chants,
Et dites-lui que je m'enivre
En écoutant ses doux accents.

Ainsi, recevez mes hommages,
Les vœux que je fais en ce jour,
Et relisez souvent ces pages,
Consacrées à votre amour.

Soyez béni, vous dont la lyre
Pour moi module des accents,
J'aimerai toujours à sourire
A vos tendres et pieux chants.

EN RÊVANT DE LAURENCE

A M. DE LAMARTINE.

O blanche jeune fille! ô toi qui dans ton cœur
Conserva si longtemps la vertu la candeur!
Combien tu dus souffrir, ô pauvre infortunée.
En te voyant un jour, hélas! abandonnée!...
Quand tu n'eus plus d'ami pour te presser la main
Et compter les soupirs qui sortaient de ton sein!...
Et pourtant ton ami n'était pas bien coupable;
Il t'aimait d'un amour sincère et véritable;
Mais un jour une voix vint dominer son cœur,
Et lui, croyant entendre un arrêt du Seigneur,
Fit des vœux au milieu d'une douleur mortelle;
Mais jamais, non jamais, dans sa peine cruelle,
Au pied du saint autel, en faisant son serment,
Il ne put dans son cœur oublier un moment
La vierge qui s'était attachée à sa vie,
Qui pour lui de mourir aurait été ravie;
Celle qui tant de fois lui dit avec amour :
« Avec toi, Joulyn, vivre et mourir un jour!... »
. . . .
. . . .
Dans une même tombe, au bord d'une onde pure,
Au milieu des parfums, des fleurs, de la verdure,
A l'ombre d'une croix, cet abri du malheur,
Ils reposent en paix dans le sein du Seigneur...

ADIEU

Aux jours brillants du printemps de ma vie,
J'avais rêvé la gloire et son bonheur;
Toujours poussé par l'orgueil et l'envie,
Je marchais fier dans un chemin trompeur.
Mais aujourd'hui j'ai replié mes ailes,
Et, repentant, je m'en retourne à Dieu.
Pourtant, ô palmes immortelles,
En pleurant, je vous dis adieu!...

Lorsque autrefois je prenais ma nacelle
Pour voyager sur une mer d'azur,
J'allais, chantant quelque chanson nouvelle,
Sous un beau ciel où brillait un air pur!...
Mais maintenant j'y vois courir l'orage,
Et je frémis en voyant mon enjeu...
O calme et fortuné rivage,
En pleurant, je te dis adieu!...

Un saint amour enchantait ma carrière;
Je lui donnais une part de mon cœur.
Ivre toujours d'une espérance chère,
De ses doux fruits j'adorais la liqueur;

Mais en brisant ma coupe d'ambroisie,
J'ai vu, hélas ! s'enfuir mon plus cher vœu...
O bel ange de poésie,
En pleurant, je te dis adieu !...

SIMPLES PENSÉES

Il n'y a pas de société possible sans lois, ni de liberté sans ordre. Ceux qui veulent enfreindre ces deux règles n'ont ni bon sens ni jugement : ce n'est que de l'exaltation qui touche à la folie.

Le foyer de l'amour ne s'éteindra jamais, et la poésie y allumera toujours son flambeau.

Celui qui reçoit avec dédain ou indifférence le reproche qu'on lui fait de ses fautes, ne doit être regardé que comme un sot, et n'est pas digne qu'on lui porte le moindre intérêt.

La paresse décourage, et l'envie fait perdre les meilleurs sentiments.

On se moque facilement d'un visage laid, d'un corps difforme et d'un pauvre d'esprit, et l'on se plaît à sourire aux charmantes personnes et aux érudits, sans jamais penser aux volontés de la nature.

L'erreur se pardonne aux yeux des hommes; mais le crime n'obtient grâce que devant Dieu.

L'étude et la réflexion font le charme de l'oisiveté.

On s'efforce souvent à vouloir ramener des égarés à la raison par la patience et la douceur; mais quand la corruption ronge leurs cœurs, il est impossible de les réduire.

La médisance est une maladie chronique qui produit des effets en tous temps.

La politesse et la bienveillance ont droit à l'estime et au respect; mais l'étiquette, avec sa fatuité et son emphase, ne vaut pas la peine qu'on lui accorde le moindre sourire.

Il est noble de montrer de l'honneur quand on outrage vôtre conscience; mais on perd dans l'humanité de se nourrir de fiel et de haine.

Quand un vil ennemi vous diffame et qu'on croit se compromettre en lui parlant d'honneur, on ne doit se servir que de deux armes pour se venger de ses injures : le dédain et le mépris.

La gourmandise rend détestable, et l'indiscrétion fait haïr.

Les véritables amis sont ceux qui ne vous critiquent pas, et qui vous défendent quand vous avez commis des fautes.

L'ambition et la gloire peuvent se donner la main pour marcher ensemble ; elles sont aussi décevantes l'une que l'autre.

Le mensonge est un vice qui prend naissance dans l'enfance, qui produit ses fruits durant l'âge de la raison, et qui ne s'éteint qu'à la mort.

On ne doit jamais sortir de son rang ni de sa condition, de crainte de se trouver abaissé en montant la première marche qui mène à l'élévation.

La jalousie est un fiel que les méchants savourent avec délices.

Il vaut mieux passer pour un nigaud et mener une bonne conduite, que d'être homme d'esprit et de renier la vertu.

L'originalité est indomptable comme la nature, et ni la raison ni la métaphysique ne peuvent prendre empire sur elle.

La calomnie rend odieux, et la lâcheté méprisable.

Le bon sens n'est que le subalterne de l'esprit; mais il lui est préférable sous tous les rapports.

Sans amour, pas de bonheur; sans foi, pas de consolation.

A quoi servent les sottes prévenances, ces vaniteuses prétentions, ces poses étudiées, ce parler affecté, et toutes ces scènes fastidieuses où l'on se plaît à jouer, quand on est sûr qu'un jour le ver du tombeau rongera notre face?...

Les manières les plus exquises et les plus charmantes, et le genre le plus noble et le plus attrayant, ne se trouvent que dans la simplicité et la candeur, et tout cela repose sur la vraie religion.

La méchanceté est un véritable péché, et la colère n'est qu'un emportement que l'honneur et la raison guident bien des fois.

Le talent qu'on croit posséder ne s'acquiert pas en se vantant soi-même; ce sont des juges nombreux qui l'apprécient et le proclament.

Il est rare de voir un service rendu être payé d'un retour équivalent au bien que ce service a fait : si l'oubli ne prend pas le dessus, c'est l'indifférence qui agit à sa place.

On voit beaucoup de gens parler de reconnaissance dans un transport de contentement ou d'intérêt, et devenir après de grands oublieux envers leurs bienfaiteurs.

Les titres ne sont bien donnés qu'aux citoyens à la fois capables et vertueux, et les décorations ne sont bien portées que par les vrais savants, les administrateurs intègres et les soldats valeureux.

Les opinions politiques sont le fléau des sociétés, parce qu'elles font perdre en un jour les plus chères croyances et les plus douces amitiés.

La meilleure fortune est la paix du cœur.

NOTES

I. On trouvera encore dans ce Recueil de légères fautes de versification qu'on nomme *hiatus*. A l'âge de vingt ans, je ne connaissais pas ce mot, vu mon manque d'éducation ; je composai donc des rimes à tort et à travers sans observer les règles de l'art poétique.

J'aurais bien pu en faisant réimprimer mes premiers vers faire disparaître ces *hiatus* en corrigeant ou refaisant tel vers de telle strophe ; mais j'aurais dénaturé ma pensée d'autrefois. Tout en reconnaissant mes torts, j'ai préféré laisser exister les vers tels qu'ils ont été conçus dans le temps.

II. On trouvera aussi dans ce Recueil quelques fautes d'impression, faites par inadvertance par les ouvriers typographes.

A la page 29, au lieu de lire : *Jettent* en *l'air*,
Il faut lire : *Jettent* dans *l'air*.

A la page 38, au lieu de lire : *Aux écueils* de *longs bords*,

Il faut lire : *Aux écueils* des *longs bords*.

A la page 53, au lieu de lire : *Sur mon front* hale.
Il faut lire : *Sur mon front* pâle *et taciturne*.

A la page 65, au lieu de lire : *Roulant*.
Il faut lire : *Voguant*.

A la page 117, au lieu de lire : *Ceux qui me sont doux et chers*,
Il faut lire : Tous *ceux qui me sont doux et chers*.

A la page 179, il manque un *C* au mot *Cœurs*.

A la page 184, au lieu de lire : *Je lui* parlerai.
Il faut lire : *Et lui* reparlerai.

A la page 210, au lieu de lire : Ses *bords*,
Il faut lire : Ces *bords*.

A la 290, au lieu de lire : Laisse *se plaindre*,
Il faut lire : Laissa *se plaindre*.

III. J'avais pensé en faisant commencer l'impression de ce volume, pouvoir ajouter à la suite de mes vers, mes œuvres en prose ; mais ayant vu ensuite que ce volume serait trop volumineux, je me suis décidé à faire paraître mes *Œuvres complètes*, en deux volumes de 400 pages chaque. Le lecteur est donc prié de ne pas faire attention à la mention placée en tête de ce Recueil, qui reste tout simplement un volume de Vers et de quelques simples Pensées, formant le tome Ier de mes Œuvres.

Le tome II paraîtra prochainement et contiendra :

Nouvelles Pensées, — Anecdotes sur les Oiseaux, — Mélanges Littéraires, — Étude sur les Vins, — Astronomie.

IV. *O Béranger que j'aime tes chansons!* (1)

(1) Allusion aux moments de bonheur que j'ai passé en relisant les chansons du grand poète populaire. Je me résignais d'autant mieux à supporter ma condamnation avec courage en pensant à tout ce qu'avait dû éprouver Béranger à La Force et à Sainte-Pélagie, et qu'il avait supporté avec tant de gaîté et de philosophie.

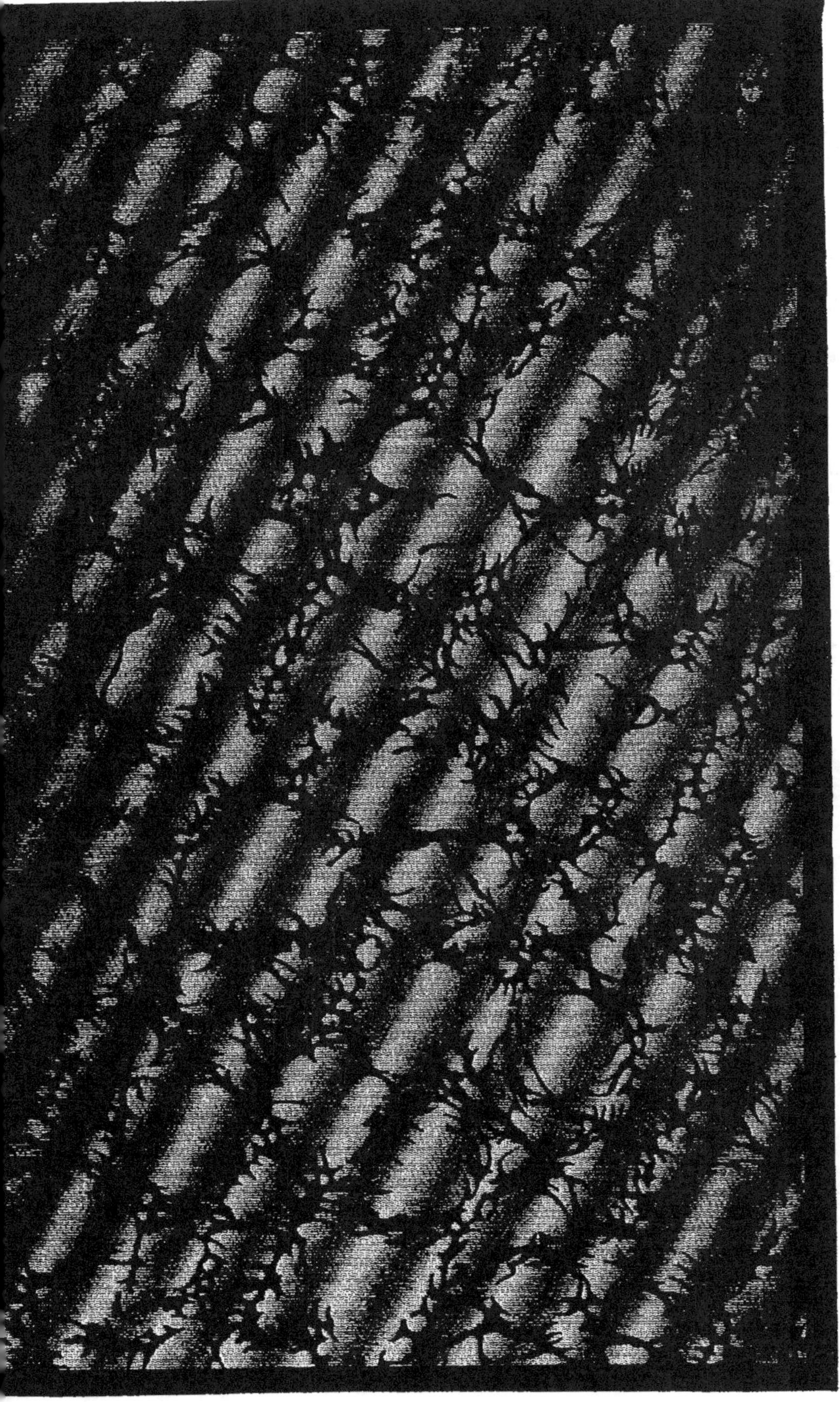

www.ingramcontent.com/pod-product-compliance
Lightning Source LLC
Chambersburg PA
CBHW050141030726
47505CB00005B/1191
9782013740128